白夜

杜斯妥也夫斯基經典小說新譯

櫻桃園文化

國家圖書館出版品預行編目（CIP）資料

白夜：杜斯妥也夫斯基經典小說新譯 / 費奧多爾・杜斯妥也夫斯基 (Fyodor Dostoyevsky) 著；丘光 譯 . -- 初版 . -- 臺北市：櫻桃園文化，2017.12
240 面；14.5x20.5 公分 . -- (經典文學；10, 10A)
ISBN 978-986-92318-3-1 (平裝)
ISBN 978-986-92318-4-8 (精裝)

880.57　　　　106020479

經典文學 10, 10A
白夜：杜斯妥也夫斯基經典小說新譯
Фёдор М. Достоевский. Белые ночи. Маленький герой. Сон смешного человека

作者：費奧多爾・杜斯妥也夫斯基（Fyodor Dostoyevsky）
譯者：丘光
導讀：熊宗慧
責任編輯：丘光
校對：鄭琦諭
資料整理：吳苾瑜
版面設計（封面及內頁）：丘光，封面人物繪圖：熊宗慧
出版者：櫻桃園文化出版有限公司
地址：116 台北市文山區試院路 154 巷 3 弄 1 號 2 樓
電子郵件：vspress.tw@gmail.com
網站：https://vspress.com.tw/

印刷：松霖彩色印刷事業有限公司

總經銷：遠足文化事業股份有限公司
地址：231 新北市新店區民權路 108-2 號 9 樓
電話：02-22181417　傳真：02-86671891

平裝版出版日期：2017 年 12 月 11 日初版 1 刷（тираж 2 тыс. экз.）
精裝版出版日期：2017 年 12 月 11 日初版 1 刷（тираж 1 тыс. экз.）
平裝版定價：300 元　　精裝版定價：450 元

本書譯自俄文版杜斯妥也夫斯基作品全集：Ф. М. Достоевский. Полное собрание сочинений в 30-ти томах, Издательство: Наука. Ленинградское отделение, Ленинград, 1973

Printed in Taiwan

白夜

杜斯妥也夫斯基經典小說新譯

Белые ночи. Маленький герой. Сон смешного человека

Фёдор М. Достоевский

費奧多爾・杜斯妥也夫斯基 著　　丘光 譯

目次

白夜①

感傷主義小說②

（一個夢想者的回憶）

①本篇原作發表於一八四八年十二月的《祖國紀事》雜誌，獻給友人詩人普列謝耶夫（A. N. Pleshcheyev, 1825-1893）。白夜指小說背景在俄國的聖彼得堡，因接近北極圈，每年夏至時分會有白夜的現象。——俄文版編注與譯注（以下注釋除特別標示外，皆為譯注）

②此副標按原文應為「感傷主義長篇小說」（Сентиментальный роман），當時流行將體裁標注在作品名稱之下，但一般文學評論將此作列為中篇小說。

……難道它生來是為了
哪怕只有一瞬間
依偎著你的心？……

——伊凡・屠格涅夫①

①題詞引文出自俄國作家伊凡・屠格涅夫（I. S. Turgenev, 1818-1883）一八四三年發表的抒情詩〈花〉的末三句，此處第一句的「它」指花，引文與原詩（譯文如下）在語意上有兩處明顯的出入，頗耐人尋味：一、問句形式在原詩為直述句，二、「難道」在原詩為「看來」。從兩者語氣上的差異，似乎可以感覺出小說家杜斯妥也夫斯基有意與原詩作者屠格涅夫對話。

花

你曾在幽暗的樹林
在春天鮮嫩的草地
拾得一朵平凡樸素的花嗎？
（你是曾經一人——單獨在異鄉）

在滿是露水的草地，它等你
它孤單地盛開……
將自己的純潔氣味
原初味道給你珍藏

於是你摘下那搖晃的花莖
帶著一抹和緩的笑
細心地在衣衫鈕扣孔
插上這朵被你折損的花

看你走在滿是灰塵的路上
周圍整片草原燒燙燙
飽滿的熱氣從天空淌下
而你的花朵早已枯萎

它生在靜蔭中
長在晨雨裡
被酷熱的灰塵荼毒
被正午的陽光晒傷

那又怎樣？再惋惜也枉然！
看來，它生來是為了
在這一瞬間
依偎著你的心

（丘光／譯）

第一夜

那是一個美妙的夜晚，親愛的讀者啊，那樣的夜晚，只有在我們年輕的時候才會有。天空就是這麼滿布星子，這麼明亮的天空，看一眼就會不禁自問：難道在這樣的天空下，還會有那些各種各樣壞脾氣和任性的人嗎？這也是個幼稚的問題，親愛的讀者，非常幼稚，但願上帝要您把這問題更常放在心上！……說到任性和各種各樣壞脾氣的先生們，我不能不想起在這一整天我都規規矩矩的。打從一早開始，就有一種怪異的苦悶煩擾著我。我突然覺得，孤單的我，被全部人拋棄，全部人都離我而去。這個，當然啦，每個人都有權問：這全部人指的是誰呢？因為從我住在彼得堡這八年來，我幾乎沒能夠認識到一個人。但我何必要認識誰？我本來就認識整個彼得堡；這也是為什麼當整個彼得堡動起身來，突然就往別墅跑去，這時候我就覺得被全部人拋棄。留下我一個讓我感到很害怕，我滿懷苦悶在城市裡遊蕩了整整三天，完全不明白我怎麼了。我不管是去涅瓦大道，還是去花園，或是在堤岸徘徊——那些我習慣在一年的特定時刻、同一地點會遇見的人，一個都不在。他們當然不認識我，可我倒是認識他們。我很了解他們，幾乎摸熟了他們的面相——他們高興的時候我就欣賞，他們煩悶的時候我就憂愁。我幾乎要跟一個老頭子交上朋友，這是我每天特定時刻在噴泉河①都會遇見的人。他的表情是那麼傲慢又若有所思；總是喃喃自語，左手經常揮來揮去，右手拿一枝長而多節的金柄手杖。甚至他也注意到我，並由衷地關心我。要是我在特定時刻沒出現在噴泉河的同一地點的話，我相信他會感到惆悵。這就是為什麼我們有時候差點就要對彼此點頭招呼，尤其在雙方的心情都很好的時候。不久前，我們整整兩天沒見，在第三天碰見的時候，我們就已經要拿起帽子，幸好及時冷靜了下來，才把手放下，然後心懷同情地擦身而過。我對房子也很熟悉。我走路的時候，每棟房子好像跑到我前頭的街上，透過每扇窗望著我，幾乎就是說：「您好；您身體好嗎？我呢，感謝上帝，很好，而且五月份人家要幫我加蓋一層樓。」或者說：「您身體好嗎？我明天要做整修。」或者說：「我差點沒被燒掉，嚇死我了。」諸如此類的。這裡面有幾個是我特別喜歡的，是我的親密朋友；其中一個打算在這個夏天讓建築師治療治療。我每天都要特地去看看，可別被人家隨隨便便給醫壞了，主啊，保佑他！……可是我永遠不會忘記那個非常漂亮的淡粉紅色小房子的事情。這是一棟多麼可愛的石砌小房子，他多麼親切地望著我，又多麼自負地瞧著隔壁那些笨拙的房子，每當我經過的時候都讓我心情快活。突然間，上星期我沿街走去，一看到這位朋友——我便聽到抱怨的叫喊：「我被人家漆成黃色的！」壞蛋！野蠻人！他們毫不留情：連柱子和檐板都不放過，我的朋友變成了黃色的，好像金絲雀似的。這件事簡直讓我怒不可抑，我到現在還沒辦法去見我這位被漆了天朝顏色②、被糟蹋了的可憐兒。

所以，讀者啊，你們明白了吧，我就是這樣認識整個彼得堡的。

我剛剛說過，整整三天我不得安寧，後來我才搞清楚原因。不只在街上我覺得不舒

①噴泉河（Fontanka），或稱豐坦卡河，涅瓦河三角洲的一條支流，源自夏園附近，注入大涅瓦河。

②指當時中國清朝的皇室色調。

服（少這少那的，不然就是某某人又跑到哪裡去了？）——連在自己家裡我都感到不自在。我追問了自己兩個晚上：我在自己的棲身之處還缺什麼嗎？為什麼待在這裡這麼彆扭？——我困惑不解地仔細看看那幾堵熏黑了的綠色牆壁，以及掛著蜘蛛網的天花板，那可是瑪特留娜栽培有功的，我也重新檢視我所有的家具，仔細看每一張椅子，心想，問題不會是在這裡吧？（因為我只要有一張椅子跟昨天擺的位置不一樣，就會讓我覺得不自在）我看著窗戶，一切都枉然……絲毫沒有更輕鬆點！我甚至忽然想叫瑪特留娜過來，為了蜘蛛網和做事草率連連，馬上給她來一頓父親般的責備；但她沒回半句話，只驚訝地看一看我便走開，因此這蜘蛛網到現在還安然掛在原處。終於，我今天一大早才發現到底是怎麼一回事。欸！就是他們都丟下我急忙溜去別墅了！抱歉用這種俗氣的字眼，但我管不了表達高不高雅了……因為就是整個彼得堡一個人也沒有，要嘛已經走了，不然就是在往別墅的路上；因為每一位外表莊重令人尊敬的先生，雇了馬車夫後在我眼前立刻就變成令人尊敬的家族父老，他們完成平日的職責工作，輕裝上路朝各自的家庭中心而去，往別墅去了；因為每一個路人現在已經有個十分特殊的表情，幾乎就是要跟每個遇到的人說：「先生們，我們只是路過這裡，再過兩個鐘頭我們就要到別墅了。」要是有扇窗戶打開了，一開始有幾隻細嫩且白如糖霜的手指敲著窗戶咚咚響，一位漂亮的女孩探出頭，把賣花小販叫過來——我當下立刻覺得，此時買這些花只因為，確切地說，根本不是要在這個沉悶的城市公寓裡欣賞春天和花朵，而是很快就要離開，要隨身帶走去別墅的。何況，我在觀察發現上有自己一套嶄新獨特的方式，還頗有一番成績，我已經可以看一眼就分毫不差地分辨出誰會住在哪種別墅裡。石頭島和藥師島或彼得霍夫大道①上的居民，特點是為人熟知的優雅舉止、講究的夏季服裝，以及他們進城所搭的華麗馬車。帕爾戈洛沃②，以及比那裡更遠的的居民，第一眼看他們就讓人有一種謹慎又穩重的「印象」；十字架島的訪客特點是，臉上有一種沉靜的愉快表情。有時候我會遇上一列長長的貨車隊伍，車旁一個個車夫手持韁繩懶散地走來，車上載有

①皆為風景優美的地方，有許多公園和別墅，是富裕人家的休憩去處；彼得霍夫大道上還有多處皇族的郊區宅邸，包括夏宮等。——俄文版編注與譯注

②帕爾戈洛沃（Pargolovo）是當時彼得堡北郊的別墅小鎮。

各式各樣的家具，有桌子、椅子、土耳其沙發和其他沙發，以及其他的家用雜物，在這堆積如山的用品最上方，經常高高端坐著一位瘦小的廚娘，她看管老爺的財物就像愛護眼珠子似的；我還會看見裝載沉重家用品的船隻，沿著涅瓦河或噴泉河滑行，往小黑河①或其他諸島而去──貨車和船隻在我眼前十倍百倍地增長；似乎，全都出發走了，全都整批整隊地搬到別墅去了，似乎，整個彼得堡有變成荒漠之虞，因此最後我感到羞愧、難受又憂傷：我根本無處可去，也沒必要去別墅。我願意跟任何一輛貨車離去，跟任何一位外表莊重、雇有車夫的先生走；可是沒有一個人，根本沒有人邀請我；彷彿我被大家遺忘，彷彿我對他們來說真的就是外人！

我走了好多地方，走了好久，通常這樣已經可以忘記我在哪裡，突然間我不知不覺就到了城關。一轉眼我興致來了，我就越過了攔路桿，往播了種的田野和草地中間走去，不覺疲倦，而全身上下只感覺到，好像心頭落下了某種重擔。所有往來的人親切地看著我，幾乎就要彼此招呼問候了；所有的人都不知道為什麼感到高興，所有的人無一例外都在抽雪茄。連我也高興，好像我從來沒遇過這樣的事。彷彿我突然現身在義大利似的──大自然真是令我這個有點病態、差點沒悶死在城牆裡的都市人震驚不已啊。

在我們彼得堡的大自然裡，有些東西讓人感動得難以言喻，春天來臨時，大自然會突然使出渾身本領，展現天空所賜予它的一切力量，變得毛絨絨的，妝點得漂漂亮亮，花朵開得色彩繽紛……不知怎麼它會讓我想起一個憔悴又有病的女孩，您有時候會憐惜地望著她，有時候會帶有某種同情的愛意，有時候實在是不會去注意到她，但她會在突然一瞬間，不知怎麼偶然之間就變得美麗得難以言喻且教人驚奇，而震驚又陶醉的您，會不由自主地問自己：是什麼樣的力量使得這雙憂傷沉靜的眼睛綻放出這般火光？是什麼在這蒼白消瘦的臉頰上激起了紅潤氣色？是什麼在這溫柔的容貌上灌注了激情？為什麼這胸脯如此起伏？是什麼這麼突然在這可憐女孩的臉龐上激發出力量、生命和美，使這張臉綻放這般笑意，煥發這般閃閃發光的笑容？您四下張望，您找尋某人，您左猜右想……但這一刻過去後，可能隔天您又會遇見同樣那個若有所思又漫不經心的眼神、一如以往同樣蒼白的臉龐、同樣溫順羞怯的動作，甚至懊悔，甚至某種因一時激動而令人

①位於石頭島和藥師島的北邊郊區；小黑河因詩人普希金（A. S. Pushkin, 1799-1837）在此決鬥而聞名。

窒息的憂愁煩惱的痕跡……您會遺憾，瞬間的美這麼快又這麼無法挽回地凋萎了，在您面前這麼虛幻又徒勞地一閃而過——遺憾是因為，甚至您要愛她都來不及……

而我的夜晚始終比白天要好！現在來看看怎麼會這樣：

我回到城裡已經很晚了，快到公寓的時候，已經過了十點鐘。我沿著運河[1]的堤岸道走，在這個時候這裡不會遇到活生生的人。確實，我住在城市最偏遠的一區。我邊走邊唱歌，因為當我心滿意足的時候，我就一定會輕聲哼唱點什麼，就像任何一個既沒朋友又不識好心人士，而且在快樂時刻也沒人可分享自己快樂的幸福的人那樣。突然間，我碰上了一個非常出人意料的事。

在靠近運河欄杆的那邊，站著一個女人；她手肘支著欄杆，看起來非常專注地望著運河混濁的水面。她戴了一頂非常好看的黃色帽子，身穿一件迷人的黑色短披肩。「這是個女孩，而且一定是黑頭髮的。」——我心想。我經過的時候，屏住呼吸，心跳猛烈，她似乎沒聽到我的腳步聲，甚至動也不動。「奇怪！」我想，「也許，她想事情想得太入神了。」忽然間我停下腳步不動。我好像聽到低沉的哭泣聲。對！我沒聽錯：是女孩在哭，沒多久抽噎得更厲害。我的天啊！我的心頭一緊。雖然我對女人很害羞，但這可是特別的時刻啊！……我轉身走向她，本該要說出：「小姐！」才對——要是我不知道這個稱呼已經在所有的俄羅斯上流社會小說中出現過上千次就好了。這一點讓我停了下來。但當我還在挑選適當的措詞時，女孩回過神來，看看四周，忽然覺得該走了，她低下頭，沿著堤岸道從我身邊溜去。我立刻尾隨她，但她猜到了我的想法，便不走堤岸道，橫越過街沿著對面的人行道離去。我不敢過街。我的心顫抖得像是隻被捕獲的小鳥。突然間有個機會幫了我一個忙。

在人行道那邊，離我那位陌生女子不遠處，突然出現一位穿燕尾服的先生，看來是老成莊重的年紀，但步態可稱不上莊重。他搖搖晃晃、小心地靠牆走著。女孩則走得像飛箭似的，匆忙而害羞，就像所有女孩一向該有的那副模樣，她們並不想有人在夜裡自告奮勇送她們回家，然而，毫無疑問，要是我的命運冥冥之中沒有提點他去找一些餿主意，那位搖搖晃晃的先生無論如何都追不上她的。突然間，我這位先生沒對任何人說一

---

①指葉卡捷琳娜運河（Ekaterinsky Kanal），現名格里博耶多夫運河（Kanal Griboyedova）。——俄文版編注

句話，迅速拔起腿來全力飛奔，邊跑邊追著我的陌生女子。她走得像風一樣，但搖搖晃晃的先生一直追趕她，最終追上了她，女孩大叫一聲——接下來……我感謝命運準備了一枝極佳的多節手杖，它這時候剛好就在我的右手上。一轉眼我就現身在對面的人行道上，這一瞬間不請自來的先生明白了當下的情況，考慮到不可抗拒的因素，他默默退卻了，只在我們離開很遠之後，他才用相當粗暴的字眼對我抗議。但是他的話幾乎傳不到我們這裡。

「把手給我，」我對陌生女子說，「他再也不敢來糾纏我們了。」

她默默將一隻仍因緊張驚嚇而顫抖的手伸向我。啊，不請自來的先生！這一刻我真是感謝你呀！我匆匆看她一眼：她真是漂亮，是個黑髮女孩——我猜對了；不知道是因為剛才的驚嚇還是之前的憂傷，她那雙黑睫毛上還閃著淚珠。但嘴上已經綻放了笑容。她也偷偷看我一眼，稍微臉紅了起來，隨即低下頭去。

「您看吧，為什麼您剛才要趕走我？如果我還待在那邊，就什麼事都沒有了……」

「但是我不認識您：我想您也是……」

「難道您現在認識我了嗎？」

「有一點了。看看這個，比如我知道您怎麼在發抖。」

「啊，您一下就看出來了！」我驚喜地回答，我這位女孩是聰明人：這點從來不影響美麗的外表。「對，您一眼就看出來，您是在跟誰打交道。確實，我跟女人相處時很害羞，我不否認，我的緊張不會比您前一刻被那位先生嚇著的時候少……我現在還有點驚慌。彷彿是夢，我甚至在夢中也想不到，我有一天會跟某個女人說上話。」

「怎麼會？真的嗎？……」

「對，如果我的手在發抖，那是因為，它從來沒有被像您的這樣一隻漂亮小手給緊握過。我完全跟女人疏遠了；更確切說，我對她們是從來沒習慣過；因為我是孤單一個人……我甚至不知道該如何跟她們說話。看現在我也不知道——我有沒有對您說了什麼愚蠢的話？直接告訴我吧；先跟您說，我不會見怪……」

「不，沒有，沒有；正好相反。如果您就是要我坦白說，那我就跟您說，女人喜歡這種害羞的性格；要是您想要知道更多一些，那就是我也喜歡這點，還有到家之前我不會再趕您走了。」

「您會把我變得，」我開口說，驚喜中喘不過氣來，「讓我立刻就不害羞了，到時候——就跟我所有的手段道別吧！……」

「手段？什麼手段，做什麼用的？這真是不好。」

「是我的錯，我不會這樣了，是我脫口而出的話；但是您怎麼會在這種時候沒想過要……」

「討人喜歡，是嗎？」

「對啊；您就看在上帝的份上，麻煩您行行好吧。想想看我是個什麼樣的人！因為我現在已經二十六歲了，卻從來沒跟任何人往來。唉，我怎麼能好好說話，又怎能說得合宜得體呢？如果這一切公開坦白出來，對您會更有好處……當我的心裡有話想說的時候，我不會沉默。唉，全都無所謂……您信不信，女人我沒有一個認識，從來沒有，從來沒有！沒有一個認識！我只能每天夢想，終究有一天我會遇到某個人。啊，要是您知道就好了，多少次我都用這樣的方式陷入戀愛中！……」

「但怎麼可能，愛上誰呢？」

「誰也沒愛上，不過是愛上一個理想的對象，愛上那個在夢中出現的人。在夢中我編造了成篇的浪漫故事。噯，您不了解我！的確，也不是說一個也沒有，我遇過兩三個女人，但她們是什麼樣的女人呀？全都是家庭主婦，那種……但是我會讓您覺得好笑，我跟您說，有幾次我想開口說話，就隨意跟街上某個貴族女子交談，不用說，是當她單獨一人的時候；當然，我話說得很害羞、恭敬又情緒激動；說我一個人煩死了，要她別趕走我，說不論什麼樣的女人我都無從認識；暗示她，說甚至基於女性的天職，也不該拒絕像我這麼不幸的人的羞怯哀求。說穿了，我所要的全部，不過就是跟我說兩句友好的話，抱以同情，不要一開始就趕我走，相信我要說的，聽完我要說什麼，再嘲笑我也無妨，只要給我希望，跟我說兩句話，兩句話就好，之後就算我跟她永遠不再相見都無所謂！……但是您在笑……話說回來，我就是怕您這樣才說這些的……」

「別氣了；我笑的是，您的敵人是您自己，您不妨去試試看，應該會成功的，或許，即使在街上也行；越單純越好……任何一個好心的女人，除非她笨，或者這時候因為什麼事情特別生氣，不然不會因為您這麼害羞地懇求兩句話，就決定要趕您走開的……可是，我是在說什麼呢！當然，她是可能會把您當成瘋子的。我不過是照自己所想的去評判。世上人們是怎麼生活的，我自己難道又懂很多嘛！」

「啊，感謝您，」我大喊，「您不了解，現在您對我是做了什麼好事啊！」

「好了，好了！但您告訴我，您怎麼知道我是那種女人，就是……唉，就是那種您認為值得……關心和友好的女人……簡單一句話，不是像您剛剛所說的家庭主婦。為什麼您決定要來接近我？」

「為什麼？為什麼？不過就是您單身一人，那位先生太過放肆，現在又是夜晚：您自己也會同意這是義務……」

「不，不，更早之前，那裡，在那一邊。您不是就想過來找我嗎？」

「那裡，在那一邊？可是我，說真的，不知道如何回答；我怕……您知不知道，我今天很幸福；我走著走著，唱著歌；我到了城外；我還從未有過這種幸福的時刻。您……或許是我覺得……唉，原諒我提起這件事：我當時覺得您在哭，而我……聽到這個會受不了……我的心頭一緊……啊，我的天呀！哎，難道我就不能擔心您嗎？難道對您抱有兄長般的同情也是罪過嗎？……對不起，我說到同情……哎，是啊，簡單說，難道我不由自主地想接近您也能算是欺負您嗎？……」

「停，夠了，別說了……」女孩低頭握緊我的手說。「我挑起這個話題是我的錯；但我很高興，我沒有看錯您……但現在我已經到家了；我要到這裡，到這條巷子；這就兩步路了……再見，感謝您……」

「難道就這樣，難道我們永遠不再見面？……難道就這樣沒有結果？」

「看到沒，」女孩笑著說，「您一開始只想說兩句話，現在卻……但是，話說回來，我什麼也不會跟您說的……或許，我們會再見面……」

「我明天會過來這裡，」我說。「啊，原諒我，我已經在要求了……」

「是啊，您真沒耐心……您幾乎是在要求……」

「您聽我說，聽我說！」我打斷她的話。「抱歉，如果我再跟您說這種話……不過事情是這樣的：明天我不能不來這裡。我是個夢想者；我沒什麼實際的生活經驗，像現在這種時刻我認為很難得，因此會在夢中不斷夢見。我會整晚、整個星期，甚至一整年夢見您的。我明天一定要過來這裡，就這裡，在這同一地點，就這同一時間，到時候我一想起前一晚的事情就會很幸福。單就這地方對我來說也是可愛。在彼得堡我已經有兩三處這樣的地方。我甚至有一次想著想著哭了起來，就像您……說不定，也許您在十分鐘前也是想起什麼事情就哭了……但是原諒我，我又放肆了；您也許曾經在這裡有過特別幸福的時刻……」

「好，」女孩說，「明天我大概會過來，也是十點鐘。我看，我已經沒辦法阻止您了……事情是這樣的，我必須要來這裡；不要以為我是在跟您約會；我事先跟您說清楚，我來這裡是為了我自己的事。但是這……好，我就跟您直說：如果您要過來，也沒關係；首先，可能還會發生像今天這種不愉快的事，但不管這個……簡單說，我只是想看看您就好……跟您說兩句話。只不過，要知道，您現在不會批評我吧？別以為我這麼輕易就跟人約會……我之所以約您，要不是……但這就當作我的祕密吧！只是要事先講好條件……」

「條件！您就說，說吧，全都事先講好；我全都同意，全都會做到，」我興奮地大叫，「我說到做到——我會聽話，會恭恭敬敬……您了解我……」

「正是因為了解您，才邀您明天過來，」女孩笑著說。「我完全了解您。但是，您看看吧，要答應一個條件再過來；主要是（就勞煩您要遵守我的要求——要知道，我說得很坦白），不要愛上我……這是不行的，您要相信。我只打算做朋友，我的手這就伸給您……但請您不可以愛上我！」

「我向您發誓保證。」我抓住她的小手大喊……

「夠了，不用發誓，因為我知道，您可以像火藥一樣衝。如果我這麼說，可別怪我。您可能不知道……我也沒有人可以訴說，也沒有人可以請教意見。當然，總不能在街上找人請教，但您是個例外。我多麼了解您，彷彿我們已經是二十年的朋友了……是不是？您不會變吧？……」

「您看看吧……只是我不知道，我是要怎麼度過這一整天哪。」

「好好睡吧；晚安——您要記得，我已經信任您了。而您不久前感嘆說得多麼好：難道每一種情感，甚至連兄長般的同情，都得清楚交代！您知不知道，這話講得多麼好，我腦中立刻掠過要信任您的念頭……」

「看在上帝的份上，可是您要說什麼？什麼？」

「明天再說。這就暫時當作是祕密吧。這樣對您不是更好；至少遠看很像是浪漫的愛情關係。也許，我明天就會跟您說，也許不會……我還要跟您更進一步談談，我們彼此會認識更深……」

「啊，關於我自己，明天我會全都跟您說！但這是怎麼回事？彷彿我身上發生了奇蹟……我在哪裡？我的天呀！好了，告訴我，難道您會因為沒有對我生氣，像其他女人會做的那樣，也沒有在一開始就趕我走，因此而不高興嗎？才兩分鐘，您就把我變成了永遠幸福的人。對！幸福的人；說不定，也許您會讓我跟自己和好，會解決我的疑問……也許，這樣的時刻正發生在我身上……好啦，我明天全都跟您說，您全都會清楚的，全部……」

「好，我會聽；到時候您先講……」

「我同意。」

「再見！」

「再見！」

隨後我們分開了。我走了一整夜；我拿不定主意要不要回家。我是這麼幸福……明天見了！

第二夜

「嘿，您這不是度過了一天！」她笑著握住我的兩隻手，對我說。

「我已經在這裡兩個鐘頭了；您不知道，我這一整天是怎麼過的！」

「知道，知道……但是回到正題來。您知不知道，我為什麼要來？可不是像昨天那樣來胡扯的。是這樣：我們以後的行為應該要更理智一點。關於這一切我昨天想了很久。」

「是哪方面，哪裡要理智一點？從我的角度來看，我同意；但是，說真的，我生命中還沒有過比現在更理智的時候了。」

「真的嗎？首先，請您不要這樣緊緊握我的手；第二，我告訴您，關於您我今天反覆思索了好久。」

「好吧，那結果是什麼？」

「結果是什麼？結果是，一切必須重新開始，因為今天我所得出的最終結論是，您對我來說甚至還很陌生，我昨天的行為像個小嬰兒、小女孩似的，所以自然而然就如此收場：都是我心太好的錯，也可以說，是我自我吹噓——當我們才剛要釐清自己的心意，往往最後都是這樣。所以為了要改正錯誤，我決定要仔仔細細地把您打聽清楚。但是因為沒辦法從任何人那裡打聽到您，那麼您應該親自對我說出一切，一切我所不知道的事情。好了，您是個什麼樣的人？快點——開始吧，說說自己的故事。」

「故事！」我吃驚地大喊起來，「故事！但是誰告訴您，我有自己的故事？我沒有故事……」

「要是沒故事的話，那您是怎麼生活過來的？」她笑著打斷我的話。

「完全沒有任何故事！我是這麼過活，就像人家說的，自己過自己的，就是說完全是自己一個人——一個人，全部就一個人——您明不明白這一個人是什麼意思？」

「怎麼會一個人呢？這是說您從來不跟任何人見面嗎？」

「唉，不是，見是會見到——而我還是獨自一人。」

「怎麼，難道您跟任何人都不說話嗎？」

「嚴格說來，是跟任何人都不說話。」

「那您到底是個什麼樣的人，您說清楚！等等，我來猜猜看：您大概跟我一樣，家中有個奶奶。她眼睛瞎了，所以這輩子都不放我走，因此我幾乎完全不太會說話了。差不多兩年前我做出了一件不體面的事，讓她覺得留不住我了，她忽然把我叫來，然後用別針把我的衣服和她的別在一起——因此從那個時候開始，我們就整天待在一起；她雖然看不見，還可以編織襪子；而我坐在她身旁，做點針線活，或讀點書給她聽——這麼奇特的生活習性，看我這樣已經被別上兩年了……」

「啊，我的天，真是不幸！才沒有呢，我沒有這樣的奶奶。」

「如果沒有，這樣您怎麼能在家待得住？……」

「聽我說，您想知道我是個什麼樣的人嗎？」

「嘿，是呀，是呀！」

「嚴格地說嗎？」

「最嚴格地說吧！」

「好吧，我——是一種人。」

「一種人，一種人！哪一種人？」女孩哈哈笑得彷彿她一整年都沒笑過，喊著說。「跟您在一起真是太開心了！您看看：這裡有張長凳；我們坐下吧！這裡沒人會過來，沒人會聽見我們說的，那麼就開始說您的故事吧！因為您就是不讓我相信，您有故事，您只是在隱瞞罷了。首先，這一種人是什麼意思？」

「一種人呢？一種人——就是怪人，這是一種可笑的人！」我自己也像她用孩子氣的笑聲哈哈大笑後回答。「這是一種性格。聽我說：您知不知道，什麼是夢想者？」

「夢想者？抱歉，怎麼會不知道？我自己就是夢想者！有時候坐在奶奶身邊，腦袋裡面一片空白。嘿，這時候你就會開始夢想，而且就這麼越想越深——嘿，我就這樣嫁給一位中國的王子……要知道這種事回頭再夢想一次也很美！不過，話說回來，上帝才知道吧！尤其在你不夢想也有事要思考的時候。」女孩這時候相當嚴肅地補充說。

「好極了！既然您已經嫁給了中國的皇帝，這樣的話，您就會完全了解我。好，聽我說……不過請問：可我還不知道，您怎麼稱呼？」

「終於啊！您想起來得還真是早！」

「哎呀，我的天！我連這都沒想到，居然還覺得很好……」

「我叫——娜斯堅卡。」

「娜斯堅卡！就這樣？」

「就這樣！難道您覺得還不夠，您這不知足的人！」

「不夠嗎？正好相反，夠多了，夠多了，非常多，娜斯堅卡，假如您一開始就讓我叫娜斯堅卡①，那您真是個好心腸的女孩！」

「這樣才對！好了！」

「好，娜斯堅卡，這下聽我說說，看我這裡有什麼好笑的故事。」

我在她身旁坐下，擺出一副書呆子的嚴肅姿態，彷彿在念書似的開始說：

「有的，娜斯堅卡，您要是還不知道的話，彼得堡是有一些相當奇怪的小角落。顧著這些地方的，彷彿不是照耀全彼得堡人的同樣那個太陽，倒像是另外一個新的，彷彿

①這是「安娜斯塔西雅」的小名，通常與對方親近時才會用小名相稱。

是刻意訂做給這些角落用的，它用另一種特別的光芒照耀一切。在這些角落裡，親愛的娜斯堅卡，彷彿完全過著另外一種生活，不像我們周遭的生活那麼熱鬧，或許在非常遙遠的神祕國度裡才有那種生活，並不在我們這裡，不在這種嚴肅得不得了的時代。看，這種生活就是混雜了一些純粹幻想的、狂熱理想的東西，還摻了點（唉，娜斯堅卡呀！）平淡乏味又普通的東西，但不致於被人說是「庸俗至極」。」

「呵！我的老天，主啊！這是什麼開場白呀！我這是聽到了什麼東西呀？」

「您會聽到，娜斯堅卡（我覺得，我永遠都不會厭煩叫您娜斯堅卡），您會聽到，在這些角落裡住著一種奇怪的人——夢想者。如果要詳細定義夢想者的話，可以說這不是人，而是，您知不知道，有點像是中間物種①。他們多半居住在某些難以靠近的角落，彷彿甚至是要躲避日光而隱身其中，如果真要藏身，那就會這麼窩在自己的角落裡不動，像蝸牛那樣，或者，至少在這方面非常像一種有趣的動物，就是生物體與住屋合一、被稱為烏龜的動物。您怎麼想？為什麼夢想者這麼愛他那四堵牆？還一定是用綠漆粉刷過的、熏黑了的、沉悶且菸熏味重得受不了的牆壁？這位可笑的先生，當有某個他少數認識的人來拜訪他的時候（而最後他總是讓所有認識的人不再出現），為什麼這位可笑的人迎接訪客的時候，會這麼困窘、臉色大變，還驚慌失措？彷彿他剛剛在自己的四堵牆內犯了罪似的，彷彿他偽造了假鈔，或是匿名在雜誌上投稿了一些小詩，投稿信中還指出，真正的詩人已死，而身為朋友的他認為基於神聖的義務得出版這些格律詩②，是嗎？為什麼？告訴我，娜斯堅卡，這兩位對話者這麼談不來嗎？為什麼突然進來的這位困惑的朋友，沒有脫口笑出來，也沒講什麼熱絡的話？這位朋友在其他場合卻很愛笑，也愛熱絡交談，還愛聊女人和其他歡樂的話題。到底為什麼？還有，這位朋友大概認識還不久，所以在第一次的拜訪中（由於這次的經驗也不會有第二次了，朋友下次不

①中間物種原文用：「существо среднего рода」，字面意思：中間種類的生物，在十九世紀生物學尚在發展中的階段，可以理解作者的描述較模糊，同時也語帶戲謔，而從上下文來看，這疑似介於人類與軟體動物（蝸牛）、爬蟲動物（烏龜）之間的生物。

②格律詩原文用：「Вирши」，意指十七、十八世紀從烏克蘭傳來的格律固定的詩，另指平庸的詩。因此這裡給讀者的印象是：刻板、過時、平庸的詩作，顯然這又是作者的戲謔。

會來了）——為什麼他本人望著主人那張煩亂的臉，使盡說俏皮話的本領（如果這東西他有的話），還是這麼困窘，這麼呆住？主人同樣已經完全不知所措，在末了的談話中糊塗離題，雖然他用盡一切努力想要讓談話順暢又豐富，展現自己對上流社會的了解，也開始談到女人，以為至少這樣的恭順態度會受到那位不該去卻誤入他家作客的可憐人喜愛，卻是白費力氣。還有，為什麼客人突然想起一件非常要緊的事（根本沒有這件事），就忽然拿起帽子快快離去？他好不容易從主人熱情的握手中抽出手來，而主人百般努力露出懊惱的表情，想挽救這慌亂的場面。為什麼離去的朋友一走到門外就哈哈大笑？並且立刻告訴自己再也不要到這個怪人的家裡了，雖然這個怪人本質上是個優秀的小子，同時，離去的客人怎樣都擋不住自己的想像變成有點胡思亂想：哪怕用不太相干的例子，也要把前不久這位交談者在見面時每一刻的容貌，拿去跟一隻不幸的小貓崽的模樣相比，那小貓崽被小孩狡詐地給抓住不放，把牠蹂躪、嚇唬、百般欺負，使牠驚慌到極點，牠最後從他們手裡跳開躲到椅子下，躲在黑暗中，在那裡牠有時間花整整一小時刻意豎著毛發怒，呼哧地噴氣，用雙掌搓揉自己那張受屈辱的嘴臉，之後對外面的環境和生活仍久久敵視著，甚至對食物也一樣，那還是位有同情心的女管家幫牠從主人餐後留下的。這些是為了什麼？」

「您聽我說，」娜斯堅卡睜大了眼睛和小嘴，一直驚訝地聽我說，然後打斷了我的話，「您聽我說：我完全不知道，這一切為什麼發生，還有為什麼偏偏是您向我提出這些可笑的問題；但我確實知道的是，所有這些奇遇一定原原本本就是您自己遭遇過的。」

「毫無疑問。」我表情極為嚴肅地回答。

「好吧，如果毫無疑問，那就繼續說吧，」娜斯堅卡回答，「因為我很想知道這會怎麼結束。」

「娜斯堅卡，您想知道我們的主角在自己的角落裡做了什麼事？或者，更確切地說，是我做了什麼事？因為所有事件的主角——就是我本人，我這卑微的小人物；您想知道為什麼我對一個朋友的突然來訪會整天這麼驚慌又失措？您想知道當我的房門被打開的時候，為什麼我的心這麼忐忑，臉又這麼紅？為什麼我不會接待客人？又為什麼我這麼可恥地毀在自己好客的重擔下？」

「對呀，對！」娜斯堅卡回答，「問題就在這裡。您聽我說：您講得很好，但能不能設法講得不要這麼好？不然的話，您講得就好像在照書本念一樣。」

「娜斯墜卡！」我語帶高傲又嚴肅地回答，勉強忍住不要笑出來，「親愛的娜斯墜卡，我知道我講得很好，但——這是我的錯，要是換一種方式我就不會講了。現在，親愛的娜斯墜卡，現在我就像是被所羅門王用七道封印封在罐子裡一千年的精靈①，這七道封印終於都被揭開。現在，親愛的娜斯墜卡，歷經這漫長的分離後，我們又再相會——因為我已經認識您很久了，娜斯墜卡，因為我已經找尋某一個人很久了，而我的腦袋中現在有上千個活門打了開來，我得要把滿江滿水的話給宣洩出來，不然我會憋死——這就是徵兆，說明我要找的正是您，我們原本就注定現在要見面。就這樣，我請您別打斷我，娜斯墜卡，只要溫順地乖乖地好好聽；否則我就不說了。」

「不不不！絕對不可以！您說！我現在一句話也不說。」

「那我繼續說：我的朋友娜斯墜卡，在我一天之中有一個我非常喜愛的時刻。這也是所有的事情、工作、義務快要結束，並且大家趕忙回家吃飯、飛奔去休息的時刻，這時候，大家在路上會發想一些不一樣的餘興節目，來打發晚上、夜間和剩下的空閒時間。在這個時刻，我們的主角——就請您允許我用第三人稱講吧，娜斯墜卡，而且用第一人稱的話會很不好意思——就這樣，在這個時刻，也不是沒事做的我們的主角，跟在其他人後面走著。但在他那蒼白且像是有點揉皺的臉龐上，閃過一個怪異的快感。他心懷感觸地看著緩緩消逝在彼得堡陰冷天空中的晚霞。我說『看著』，那是謊話，因為他不是看著，而是有點無意識地凝望，彷彿他累了，或者那當下他的心思放在其他更有趣的事物上，因此對於周遭的一切，只有短短一瞬，幾乎是無意間，他得以撥點時間去瞥一眼。他很滿意，因為到明天之前他已經做完了令他煩惱的**事情**，他像是從課堂上放出去盡情玩耍調皮的小學生一樣高興。您從一旁來看看他，娜斯堅卡：您馬上會看到，他那愉快的感覺已經順利地感染到他那虛弱的神經和過度興奮的幻想了。看他這下子好像在思索著什麼事情……您認為是在想吃飯？在想今天晚上的事？他是看什麼看得這麼出神？是不是在看那位外表莊重的先生？那人如此優美地向面前駛過的一輛華麗快馬車上的女士點頭致意，是嗎？不，娜斯堅卡，他現在哪還要顧這些瑣事！他現在已經富有**一套自己**

①情節出自《一千零一夜》中〈漁夫的童話〉。——俄文版編注

的獨特生活；他不知怎麼突然變得富有，落日餘暉並不是白白在他面前這麼令人愉快地一閃而過，還在他烘暖了的心頭喚起一串串的感受。現在，他勉強才認出這條路，而從前這路上即便是最瑣碎的小事都可能令他驚訝。現在，『幻想女神』（如果您讀過茹科夫斯基①的話，親愛的娜斯堅卡）已經用那神奇的手編起了她那金黃經線，並在他面前織出一片片前所未見又奇妙的生活圖案——然後誰知道呢，或許，她會用神奇的手將他從漂亮的花崗岩人行道（是他沿著走回家的路）帶往水晶七重天去。您現在試試讓他停下來，突然問他：他現在身在何處？在哪些街道上走過？他大概什麼都記不得，既不知走過哪裡，也不知現在身在何處，所以就懊惱得臉紅，還為了挽回顏面一定會撒點謊。因此，當一位非常可敬的老太太有禮貌地在人行道上攔住他，迷路的她向他問路，這時候他才會這麼顫抖了一下，幾乎要大喊起來，並且驚慌地四下張望。他氣惱地皺著眉頭，越走越遠，幾乎沒注意到，看見他的路人沒有一個不笑的，還在他身後指指點點，也沒注意到，某個小女孩膽小地讓路給他，但她張大眼睛看到他那冥思中的張嘴大笑和手勢之後，也放聲笑了起來。但還是同樣那位幻想女神，在嬉鬧的飛行中抓走了老太太、好奇的路人、笑著的小女孩，以及當時在那些占滿了噴泉河（假設這時候我們的主角沿著這條河走）的駁船上吃晚飯的船工們，她頑皮地將所有的人事物織進了她的底布，就像把蒼蠅投入蜘蛛網，而帶著嶄新收穫的怪人已經回到了自己的快樂小窩，已經坐下來吃飯，也已經吃完了很久，但他清醒過來是在那位若有所思又老是憂愁的瑪特留娜服侍他的時候，那時她已經把桌上的東西全收走，給了他菸斗，他才清醒過來，並驚訝地想起，他已經吃完飯了，而這是怎麼發生的他卻完全沒注意到。房間變得暗淡；他的心裡空虛又憂傷；整個夢想的王國在他身邊毀滅了，消滅得不見蹤跡，也沒有喧鬧吵雜，像是夢境一閃而過，連他自己都不知道夢見了什麼。但是有一種悶悶的感受，讓他的胸口因而有點發痛又激動，有某個新的欲望誘人地搔著、刺著他的幻想，不知不覺中召集一大群新的幻影。小房間裡靜靜悄悄；孤獨和懶散慣養著想像，這想像微微地燃燒，微微地沸騰，就像是老瑪特留娜咖啡壺中的水一樣，她在旁邊廚房裡從容不迫地給自己泡一杯廚

①茹科夫斯基（V. A. Zhukovsky, 1783-1852），俄國浪漫主義詩人，幻想女神是他在〈我的女神〉（1809）詩中所歌頌的對象，此詩是從歌德的同名詩作（1780）自由翻譯而來。——俄文版編注與譯注

娘咖啡。這想像就要一點一點地爆發開來，而我們的夢想者無意識碰巧拿著的一本書，讀不到兩三頁，就要從手中掉落下來。他的想像重新整頓了一番，又激昂了起來，突然間，他面前再次閃出了一個新的世界、一個新的迷人生活，浮現在他的燦爛前景中。新的夢——是新的幸福！是新的一劑精緻又消魂的毒藥！啊，我們的現實生活對他來說算什麼呢！以他被夢想收買了的眼光來看，娜斯堅卡，我跟您的生活過得是這麼懶散、緩慢又委靡；以他的眼光來看，我們全都這麼不滿我們的命運，都為我們的生活而苦惱呀！也的確，您看看，是真的，我們彼此間的第一印象多麼冷漠、陰鬱，像在生氣……『可憐的人！』——我的夢想者這麼想。他會這麼想一點也不奇怪！您看看這些魔幻的幻影，在他面前是這麼迷人、精巧又無邊無際地合成一幅既魔幻又活生生的景象，居中的首要位置，頭號人物當然就是我們的夢想者本人，他自己是高貴的大人物。您看看，真是形形色色的奇遇啊，真是一連串無止盡的激昂幻夢啊。您或許會問，他夢見了什麼？這有什麼好問的呢！就是什麼都有……夢見扮演一位起初不被認可、後來桂冠加冕的詩人角色①；夢見與霍夫曼的友好情誼；還有聖巴多羅買之夜②，黛安娜・維儂③，沙皇伊凡四世征服喀山汗國時的一個英雄角色，克拉拉・莫布莉，艾菲米雅・狄恩

斯，面對大公會議代表的胡思④，在《羅勃特》裡的亡者復活⑤（您記得音樂嗎？很

---

①這是浪漫主義文學傳統中最喜愛的形象之一。下文的霍夫曼是指德國浪漫主義作家霍夫曼（E. T. A. Hoffmann, 1776-1822）。——俄文版編注

②指在法國巴黎一五七二年八月二十四日聖巴多羅買紀念日的前夕，發生胡格諾派教徒被天主教徒大屠殺的事件。——俄文版編注

③維儂和下文提到的莫布莉、狄恩，以及米娜和布蘭達分別是英國作家司各特（Walter Scott, 1771-1832）的小說《羅勃・羅伊》（Rob Roy）、《聖羅南之泉》（Saint Ronan's Well）、《米特魯信之心》（The Heart of Midlothian），以及《海盜》（The Pirate）中的女主角。——俄文版編注

④揚・胡思（Jan Hus, 1369-1415）是捷克思想家、宗教改革先驅，文中指天主教的康士坦斯大公會議，於一四一五年判胡思為異端有罪，並以火刑處死。——俄文版編注與譯注

⑤指德國作曲家梅耶貝爾（G. Meyerbeer, 1791-1864）的歌劇《惡魔羅勃特》（Robert the Devil）中第三幕的場景。——俄文版編注

有墓地的味道！），米娜和布蘭達，別列津納河戰役①，在V-D伯爵夫人②那裡讀詩，丹敦③，克麗歐帕特拉和她的情人們④，科洛姆納的小屋⑤，一個自己的小角落，而旁邊有個可愛的人，會在冬夜張著小嘴和小眼睛聽您說話，就像現在您聽我說話一樣，我的小天使呀……不，娜斯堅卡，那個我和您都這麼渴望進入的生活，對他來說算什麼，對他這個荒淫的懶人來說算什麼呢？他認為那是可憐又悽慘的生活，他沒想到，或許有一天他也會面臨悲傷的時刻，到時候他為了要換得過一天那種悽慘的生活，將付出自己所有的幻想時光，換來的卻還不是快樂，不是幸福，因為到了那種憂傷、懊悔又無限悲哀的時刻，他連選擇也不想了。但在這個可怕的時刻尚未來臨之前——他什麼都沒想，因為他超越了欲望，因為他擁有一切，因為他感到煩膩，因為他本人就是自己生活的藝術家，且時時刻刻在一次又一次的任性中為自己創造生活。這個神話般的幻想世界來得就是這麼簡單又這麼自然！彷彿這一切真的不是幻影！說真的，有時候他願意相信，整個這種生活不是感覺上的興奮，不是幻象，不是想像的謊言，而真的是現實、真實又真切的！是為了什麼，您說說看，娜斯堅卡，為什麼在這樣的時刻卻感到呼吸不自在？是為什麼像是著了魔法，在莫名的任性下，脈搏加速，淚水從夢想者的眼裡湧出，他蒼白溼潤的臉頰發燙，還有他整個生命洋溢著這種迷人的喜悅？是為什麼接連無眠的夜晚，在無盡的歡樂與幸福之中有如短短一瞬，當朝霞的粉紅光線閃耀在窗上，當黎明的曖昧虛幻的光線（好像我們彼得堡的這種），打亮陰鬱的房間，這時候我們的夢想者勞累又疲憊，撲向床鋪，由於自身心靈激動無比的狂喜，同時心中懷著如此醉人甜蜜的痛，因而沉沉入睡？是啊，娜斯堅卡，妳是會有錯覺，妳從旁觀的角度就不自主地相信，有一

---

①一八一二年拿破崙軍隊在此戰役中被擊潰，並被趕出俄國。——俄文版編注

②顯然是指美女伯爵夫人沃隆佐娃—達什科娃（A. K. Vorontsova-Dashkova, 1818-1856）；萊蒙托夫有一首獻給她的詩〈致畫像〉，其中提到：「她像蛇一樣滑溜，像小鳥一樣翩翩舞著又匆匆飛走……不可能了解她，卻又不可能不愛她」。——俄文版編注與譯注

③丹敦（Georges Danton, 1759-1794）是法國大革命時的政治活動家。——俄文版編注

④這句是詩人普希金未完成的小說《埃及之夜》的情節。——俄文版編注

⑤普希金著有同名敘事詩，其中女主角的形象部分被杜斯妥也夫斯基轉化在娜斯堅卡身上。——俄文版編注

個真心誠意的熱情煩擾著他的心，還不自主地相信，在他無形無體的幻夢中會有活生生的、觸得到的東西！可真是莫大的錯覺啊——就看看這個例子，愛情在他心頭滋長，是伴著無限的喜樂，也隨著不堪的苦痛……只要您看他一眼就能確認！親愛的娜斯堅卡，您看著他，相不相信——在他那瘋狂的夢想中他那麼愛的那個女人是誰，事實上他根本不認識？難道他只在一些迷魅的幻象中看過她，而這股熱情只是他在作夢嗎？難道他們真的沒有雙雙拋開全世界，將各自的世界、生命與對方的生命相結合，然後攜手走過生命中這麼多年？難道不是她，在很晚的時刻，到了分離的時候，她倚在他的胸前，邊哭邊發愁，沒感覺到陰沉天空下爆發的風暴，也沒感覺到風把她烏黑睫毛上的淚水吹落刮走？難道這一切——連這座花園，淒淒涼涼，廢棄荒蕪，幾條滿布青苔的小徑，這裡僻靜、陰鬱，是他們兩人經常漫步的地方，是他們期待、發愁、相愛的地方，是他們彼此相愛得那麼長久，『那麼長久又溫柔』的地方，難道這是夢！還有這棟奇怪的、祖傳的老屋，她跟她那位又老又陰鬱的丈夫在裡面度過了多少孤寂悲哀的歲月，他丈夫長年不愛說話、脾氣暴躁，常嚇唬他們這些膽小如孩子，且沮喪又膽怯地對彼此隱藏心中愛意的人，難道這也是夢？他們多麼痛苦，多麼擔心受怕，他們的愛多麼純潔無瑕，人們真是（這就不用說了，娜斯堅卡）惡劣呀！還有，我的天呀，難道他後來遇見的不是她？——遠離故鄉的土地，在異國的天空下，正午炎熱，在美妙的永恆之城①，在舞會的光彩中，在音樂的轟隆中，在沒入一片璀璨燈海的義大利式宮殿（一定得在義大利式宮殿），在這座被香桃木和玫瑰圍繞的陽台上，在這裡她認出了他，就匆匆拿掉自己的舞會面具，喃喃說著：『我是自由之身』，顫抖著投入他的懷抱，然後，欣喜若狂地大喊一聲，彼此緊緊依靠，他們在這一瞬間忘記了悲傷、分離，以及一切的苦痛，還有那棟陰鬱的屋子、老頭、遙遠故鄉的陰暗花園，以及長凳，她在這張長凳上付出最後一次熱吻，在絕望的痛苦中，從他那令人麻痺的擁抱中掙脫而出……當隨便一位高個、健康的小夥子，一個令人愉快、又愛開玩笑的人，也是您的一位不請自來的朋友，打開您的門，還彷彿什麼事都沒有過，喊說：『老兄，我剛從帕夫洛夫斯克來！』啊，娜斯堅卡，就承認吧，妳會忐忐忑忑，驚慌得臉紅起來，像是剛剛偷了鄰家花園的蘋果塞進口袋的小

①指義大利的羅馬城。

學生似的。我的天啊！老伯爵死了，難以言喻的幸福時刻到了——這時候卻有人從帕夫洛夫斯克過來！」

結束了這些激動人心的吶喊後，我也激動地沉默下來。我記得，我很想要設法勉強哈哈大笑，因為我已經感覺到，在我身上冒出了一個有敵意的小鬼，已經開始把我的喉嚨掐住，下巴抽搐，還有我的眼睛越來越溼了……我預期聽我講話的娜斯堅卡，會睜開聰明的眼睛，如孩童般天真地、樂不可支地哈哈大笑起來，而我已經懊悔話題扯遠了，白白講這些我心頭積滿了的牢騷，還講什麼我可以說話說得像念書那樣流暢，因為我早就給自己準備好判決書，現在我忍不住要將它宣讀出來，老實說，我並不預期我會被理解；但讓我驚訝的是，她沉默不語，稍微停頓一下便輕輕握住我的手，語氣帶點羞怯的同情問：

「難道您真的就這麼過了一輩子？」

「一輩子，娜斯堅卡，」我回答，「是一輩子，而且好像還會這樣到最後！」

「不，這不行，」她不安地說，「以後也不可以；這樣的話，恐怕我也要在奶奶身邊過一輩子。聽我說，您知不知道，這樣過生活一點都不好？」

「我知道，娜斯堅卡，知道！」我不再壓抑自己的情緒，高聲呼喊。「現在我比任何時候都還要清楚，我白白浪費了自己最美好的歲月！現在我知道這點，還因為認清這點而感覺更痛，因為是上帝親自將您，我的善良天使，派來告訴我並證明這點。現在當我坐在您身邊，跟您說話，我一想到未來就覺得可怕，因為在未來──又是孤獨，又是這種了無生氣、沒必要的生活；當我在您身邊已經真的這麼幸福過，那我還要夢想什麼呢！啊，祝您幸福！可愛的女孩，因為您沒有在一開始就拒絕我，因為我可以說，我活過了，哪怕這輩子只有這兩晚！」

「唉呀，不，不！」娜斯堅卡大叫起來，淚珠在她眼裡閃爍，「不，以後不會這樣下去的；我們不會這麼就分開的！說什麼兩晚！」

「唉呀，娜斯堅卡，娜斯堅卡！您知不知道，您會讓我跟自己和解好長一段時間？您知不知道，我現在就不會像有時候把自己想得那麼糟了？您知不知道，我或許就不會再擔憂我這輩子犯了罪孽？因為這樣的生活就是罪孽。您也別認為，我向您誇大了什麼，看在上帝的份上，別這麼想，娜斯堅卡，因為偶爾在我身上會有這種憂愁的時候，這種憂愁的……因為在這種時候我已經開始覺得，我從來不能過真正的生活；因為我已經覺得，我在真正的現實中各方面都失了分寸和感覺；還有，因為我自己咒罵自己；因為在我的幻想夜晚過後，就會在我身上看到清醒的時刻，這些時刻很可怕！而同時間，聽到沒，周遭的人群是多麼喧鬧、慌忙打轉在生活的漩渦中，聽到沒，看到沒，人們怎麼過活——真正地過活，看到沒，生活對他們來說不是預排好的，他們的生活不會像夢或夢境一樣四散成泡影，他們的生活永遠都在創新，永遠年輕，沒有一刻會跟其他時刻一樣，相形之下，膽怯的幻想可真鬱悶，而且都一模一樣簡直俗氣，是影子和思想的奴隸，是第一朵突然遮蔽太陽的雲的奴隸，這愁雲緊掐著如此珍惜太陽的真正的彼得堡之心——而心懷憂愁那還有什麼好幻想的！感覺到沒，這**無窮盡**的幻想，它終究會疲乏，會在持久的緊張中耗竭，因為你還是會從自己過去的理想中成長、存活下來：那些理想漸漸破裂粉碎；要是真沒有另外一種生活，那麼就必須從這些碎片中建立起來。而同時間，心靈又要求、希望要有別的什麼東西！所以夢想者在自己老舊的夢想中東翻西找也是枉然，如同在灰燼中翻找，在此灰燼中要找的哪怕是任何一點小火花，便可將它鼓吹燃起，用這復燃的火焰來烘熱冷卻的心，重新恢復心中的一切——從前曾經那麼美好的、感動心靈的、熱血沸騰的、淚湧而出的，以及如此精美得令人迷惘的一切！您知不知道，娜斯堅卡，我到了什麼地步？您知道不知道，我已經被迫要去過自己感受的週年慶，慶祝從前曾經如此美好，而實際上卻從未發生過的事——因為這都是依照那些愚蠢、無形的夢想來慶祝的——會這樣做是因為，現在連這些愚蠢的夢想都沒了，因此夢想也無從存在：畢竟夢想也會消散的！您知不知道，我現在喜歡回想，還會去造訪從前某個時候我曾經自覺幸福的地方，我喜歡用已經無法挽回的過去的模樣來打造現在，還經常像個影子似的遊遊蕩蕩，無所需求，漫無目的，鬱悶憂傷地在彼得堡的大街小巷裡轉。全是什麼樣的回憶啊！回想到，比如說，剛好一年前就是在這裡，剛好在這同一時間，同一時刻，沿著同一條人行道，我同樣這麼孤單地晃蕩著，同樣鬱悶，就像現在一樣！回想一下，那時候的夢想也是憂傷的，儘管從前沒有比較好，但你還是不知怎麼覺得，從前的生活好像輕鬆平靜許多，沒有現在纏著我的這種陰沉想法；沒有良心的譴責，沒有現在這些讓人日夜不得安寧的陰暗沉鬱的譴責。於是問問自己：你的夢想在哪裡呢？你就搖搖頭說：一年年過得真快呀！再問問自己：你這幾年到底做了什麼？你把自己的美好時光斷送到哪裡去了？你有沒有活過？你看看，你對自己說，你看看，世上變得真是冷清清。再過幾年，隨之將至的是沉鬱的孤獨，以及拄著拐杖的顫抖晚年，而憂愁和鬱悶也隨之而來。你的幻想世界將暗淡失色，你的夢想會停息、枯萎，像發黃的葉子從樹上凋落……啊，娜斯堅卡！這麼落得孤單一人，完全孤單，很令人憂傷，甚至沒有一點捨不得——沒有，根本沒有……因為所我丟掉的一切，這一切什麼都不是，是愚蠢的、完完全全的一無所有，一切只是一個夢想而已！」

「好了，不要再讓我可憐您了！」娜斯堅卡擦著眼裡滾出的淚珠，一邊說道。「到此為止吧！從現在開始我們要兩個人在一起；現在，無論我發生什麼事，我們永遠都不要分開。聽我說，我是個平凡的女孩，雖然奶奶有請一位老師來教我，但我學得不多；不過，說真的，我了解您，因為您現在跟我說的一切，就是奶奶把我和她的衣服別在一起的時候我所經歷的感受。當然，我可不像您說得那麼好，我沒讀什麼書，」她害羞地補充，因為我先前感人的言語和崇高的談吐仍讓她感到敬佩，「但是我非常高興，您對我十分坦白。現在我了解您，完完全全了解。您知不知道？我想跟您說我自己的故事，毫不隱瞞，那您之後要給我意見。您是非常聰明的人；您要不要答應給我意見呢？」

「唉呀，娜斯堅卡，」我回答，「我從來就不是一個出主意的人，更不用說出什麼聰明主意了，但現在我覺得，假如我們一直這麼生活下去，那這也可以說是非常聰明，就讓每個人對彼此出一些聰明透頂的主意吧！好了，我可愛的娜斯堅卡，是要給您什麼意見？直接跟我說吧；我現在多麼快樂、幸福、勇敢又聰明，還不致於要伸手到口袋裡找話說①。」

「不，不！」娜斯堅卡笑著打斷我的話，「我要的不是一個聰明的意見，我需要的是親如兄長般發自內心的意見，這就好像您已經愛我愛了一輩子！」

「行，娜斯堅卡，行！」我欣喜若狂地大喊，「就算我已經愛您愛了二十年也好，那也不會愛得比這當下更強烈！」

「您的手給我！」娜斯堅卡說。

「來吧！」我應著並伸手給她。

「那麼，來開始講我的故事吧！」

---

①俄國俗諺，比喻交談應對很機伶。

娜斯堅卡的故事

「我的故事有一半您已經知道了，就是您知道我有一個老奶奶……」

「假如故事的另一半也像前半那樣一下就講完的話……」我笑著想打斷她的話。

「別說話，聽著。一開始先講好：不要打斷我說話，否則我怕會不知道該怎麼說。好了，乖乖聽著吧。

「我有一個老奶奶。我還非常年幼的時候就住進她家，因為我的爸爸媽媽都死了。想必奶奶從前比較有錢，因為到現在她還會回想當年的好日子。是她教會我法文，之後又給我請了一位老師。在我十五歲的時候（我現在十七歲），學習告一段落。就在這個時候，我做了調皮搗蛋的事；我到底做了什麼——我不告訴您；只要知道，那也不算什麼大的過錯。一天早上，奶奶就把我叫過去，說因為她眼睛瞎了，才沒辦法盯住我，便拿了別針把我和她的衣服別在一起，當時她還說，假如我沒有變得更好的話，當然，那我們就要這樣一輩子待在一起。總之，剛開始那段期間根本沒辦法走開：管你做事、看書，還是學習——都要在奶奶身邊。有一次我本想要耍詐看看，說服了費克拉坐到我的位子上。費克拉是我們請的幫傭，她耳朵聾了。她代替我坐著；奶奶這時候在扶手椅上睡著了，我就出去到附近找朋友。好，結果糟糕了。奶奶醒來後我還沒回來，她以為我一直乖乖待在原地，問了點什麼事情。奶奶問話時，費克拉看是看見了，可她卻聽不到說什麼，她想啊想著該怎麼辦，她解開別針，隨即跑掉了……」

娜斯堅卡這時候停下來，哈哈大笑起來。我跟著她一起笑。她馬上又停住不笑。

「聽我說，您不要笑我奶奶。我是因為好笑才笑……還能怎麼辦，說真的，奶奶是這樣的人，只不過我還是有點愛她。好了，這時候輪到我遭殃了：我又得立刻坐到那位子，完完全全動彈不得。

「對了，我還忘記告訴您，我們，應該是說奶奶，有一棟自己的房子，就是間小屋子，一共只有三扇窗，幾乎全木造，年歲跟奶奶一樣老；屋頂有間閣樓；就是這間閣樓搬來了一位新房客……」

「那麼，也有過舊房客？」我隨口一問。

「那當然，是有過，」娜斯堅卡回答，「那人比您還更不會說話。真的，他就只能勉強動動舌頭。那是個小老頭，乾癟，又啞又瞎，腿還瘸了，因此到頭來他沒法活在世上，就死掉了；之後，我們還是需要新房客，因為少了房客我們就沒辦法過日子：這份房租加上奶奶的養老金幾乎就是我們全部的收入。新房客好巧不巧是個年輕人，不是本地人，是外地來的人。由於他沒有討價還價，奶奶就租給他，然後才問我：『怎麼，娜斯堅卡，我們的房客年不年輕？』我不想撒謊，便說：『這個，我跟您說，奶奶，不是那麼年輕，卻又不是老先生那種。』奶奶再問：『嗯，長得好看嗎？』

「我又不想撒謊。『我跟您說，是長得好看，奶奶！』可奶奶說：『唉呀！罪孽，罪孽啊！我跟妳說這些，乖孫女，是要妳別盯著人家看。看看這是什麼時代呀！難道這麼一個身分低微的房客，竟然也可以長得好看：不像舊時從前那樣！』

「而奶奶總覺得從前好！她在從前也年輕一些，太陽在從前也溫暖一些，鮮奶油在從前也不那麼快變酸——都是從前好呀！我這時坐下不說話，卻暗自想著：奶奶這是幹嘛要提醒我問我房客好不好看、年不年輕呢？就這樣，我只想了一下，馬上再算一算編織針數，繼續織長襪，後來就完全忘記了。

「有一天清早，房客來找我們，問了關於答應他要糊房間壁紙的事。接著你一言我一語的，奶奶就愛講話，隨即說：『去吧，娜斯堅卡，去我臥室，拿算盤過來。』我就馬上跳起來，整個人不知道為什麼臉紅了起來，我一下忘記我是跟奶奶的衣服別在一起坐著的；該要悄悄拿開別針，以免讓房客看見，我卻沒這麼做——反而猛地一衝，把奶奶的扶手椅都拉走了。我一看見房客現在對我的處境全明瞭了，我又臉紅了，僵在原地，然後突然哭了起來——這一刻多麼羞恥又難受，簡直不想活了！奶奶喊：『妳站著幹嘛？』我卻是哭得更厲害……一如所見，房客看見我因他而感到羞恥，他馬上行禮告辭便離開了！

「從那時候起，走道裡只要稍微有一點聲音，我就安靜得像個死人一樣。我就想，是房客走過來，而我每次都要悄悄解開別針。不過始終都不是他，他沒來。兩個星期過去了；房客要費克拉過來說，他有很多法文書，全都是好書，所以可以讀一讀；那麼，奶奶想不想叫我來讀給她聽，好讓她不無聊？奶奶感謝地同意了，但總是問，那些書道不道德？因為假如書本不道德，那麼妳，她說，娜斯堅卡，無論如何都不許讀，妳會學壞。

「『奶奶，我到底會學到什麼？那裡面寫些什麼呀？』

「唉！她說，那裡面描寫年輕男子如何誘惑端莊的少女，如何藉口想要娶她們，從父母親家把她們拉去私奔，然後卻隨便將這些不幸的少女拋棄，她們就淒慘無比地毀了。我啊，奶奶說，這種小說讀得可多了，都是那樣，她說，全都寫得那麼美，妳夜裡就只想坐著偷偷讀。所以，她說，娜斯堅卡，妳要小心點，別讀那些書。她又說，他送來的是什麼樣的書？

「『都是華特．司各特的小說，奶奶。』

「『華特．司各特的小說！少來了，這裡面沒有什麼調情的把戲吧？妳去看看他有沒有在裡面放什麼傳情的小紙條？』

「『沒有，我說，奶奶，沒有紙條。』

「『妳再看看書封皮底下，他們經常會塞在封皮下，土匪！……』

「『沒有，奶奶，封皮下也沒有東西。』

「『哼，這才像話！』

「我們就這樣開始讀華特．司各特，不到一個月我們幾乎讀完一半的書。之後，他一再地送書來。也送了普希金，因此到最後我沒書便什麼也幹不成，也不再去想我是不是要嫁給中國王子了。

「這樣下去出了一件事，有一次我偶然在樓梯間遇到我們的房客。奶奶要我去辦點什麼事。他停下腳步，我臉紅了，他也臉紅了；可是他笑了起來打招呼，詢問奶奶的健康情況，然後說：『怎麼樣，書您讀過了嗎？』我答：『讀過了。』他說：『那您比較喜歡哪一本？』我就說：『《艾凡赫》①和普希金我最喜歡。』這次的對話就在這裡結束。

「過了一個星期，我又在樓梯間碰見他。這次不是奶奶叫我去辦事，是我自己為了某個原故要去。那時候過了下午兩點，房客通常在這時候回來。『您好！』他說。我回他：『您好！』

①司各特一八二〇年的歷史小說《艾凡赫》（Ivanhoe），或中譯《撒克遜英雄傳》。

「『怎麼，』他說，『您整天跟奶奶待在一起不覺得無聊嗎？』

「他問我這個問題的時候，我不知道為什麼就臉紅了，害羞起來，我又覺得難過，因為看來其他人也都在問這件事。我真想不回答就離開，卻是做不到。

「『聽我說，』他說，『您是個好女孩！抱歉，我對您說這樣的話，但我向您保證，我比您奶奶還希望您過得好。您沒有一個可以讓您出門去找的女朋友嗎？』

「我說，完全沒有，以前有一個瑪莘卡，但是她去普斯科夫①了。

「『聽我說，』他說，『想跟我去劇院看戲嗎？』

「『去劇院看戲？那奶奶要怎麼辦？』

「『您就，』他說，『偷偷離開奶奶……』

「『不，』我說，『我不想欺騙奶奶。再見了！』

「『好，再見。』他說，也沒再多說了。

「才吃完午餐，他就來找我們；他坐下跟奶奶談了好久，問清楚她有沒有要去什麼地方，有沒有什麼熟識的人——突然間說：『今天我本來訂了一個包廂看歌劇，現在上演《塞維亞的理髮師》②，原先有熟人想要看，但後來又作罷，所以票還在我手裡。』

「『《塞維亞的理髮師》！』奶奶大喊，『這就是從前曾上演過的那個《理髮師》嗎？』

「『對，』他說，『這就是那個《理髮師》。』同時他朝我看了一眼。我就全明白了，臉紅了起來，我因為期待而心怦怦跳！

「『怎麼會，』奶奶說，『怎麼會不知道。我自己從前就曾在家庭劇院演過羅西娜！』

「『那今天不想去看嗎？』房客說。『不然我的票就白費了。』

---

①普斯科夫（Pskov），位於俄羅斯西北部的古城。

②《塞維亞的理髮師》（Le Barbier de Séville），法國作家博馬舍（P. Beaumarchais, 1732-1799）的喜劇，歌劇最著名的版本是義大利作曲家羅西尼（G. Rossini, 1792-1868）所作：女主角是羅西娜。杜斯妥也夫斯基在一八四〇年代的彼得堡經常去聽法國著名歌星波琳娜・維亞爾多（Pauline Viardot, 1821-1910）主演羅西娜的這齣劇。——俄文版編注

「『好，那麼，我們去吧，』奶奶說，『為何不去？我的娜斯堅卡還從來沒上過劇院呢。』

「我的天呀，真是高興！我們立刻準備，打扮好就出發。奶奶雖然眼睛瞎了，還是想聽音樂，對，除此之外，她還是個好心的老婆婆：她更想要安慰我，我們自己從來沒打算去。《塞維亞的理髮師》到底給了我什麼印象，我不用跟您說，只想說這整晚我們的房客這麼好好地看著我，這麼好好地跟我說話，我立刻明白了，早上他邀我單獨跟他出去是想試探我。是啊，真是高興！我躺下睡覺，真是得意又愉快，心怦怦跳得好像有點發燒的樣子，我整夜胡言亂語都在說《塞維亞的理髮師》的事。

「我以為這天之後他會越來越常來找我們——卻不是這麼回事。他幾乎不再過來。就這樣，一個月來一次，有時候是，他來，只不過是來邀上劇院看戲。後來我們又再去了兩趟。就是這點我很不滿。我看出來，他只是同情我，因為我是被圈養在奶奶家，就沒別的了。後來一直這樣下去，我成了這副模樣：我坐也不是，念書也不是，做事也不是，有時候我發笑，並做一些有意為難奶奶的事情，有時就只是哭。最後，我變得消瘦，幾乎就要病了。歌劇季過了，房客就完全不來找我們；我們還是有碰面的時候——依舊在同一座樓梯，毫無疑問——他是那麼默默地鞠躬，那麼嚴肅，彷彿連話都不想說，他就下完樓梯到了門口台階，而我仍站在樓梯中間，臉紅得像顆櫻桃，因為當我遇見他的時候，我全身血液就開始直衝頭頂。

「現在馬上就結束了。正好一年前的五月，房客來找我們，並跟奶奶說，他在這裡已經辦好了自己的事，他得要再去莫斯科一年。我一聽到就臉色發白，像個死人一樣跌落在椅子上。奶奶什麼也沒注意到，而他通知了我們他要離去後，隨即向我們告辭就走了。

「我該怎麼辦？我想了又想，煩東煩西，最後拿定了主意。他明天走，那我決定今晚等奶奶去睡覺的時候要把一切搞定。事情就是這樣。我把連衣裙、幾件需要的內衣，全都塞進包袱裡，然後拿著包袱，提心吊膽地去閣樓找我們的房客。我想我在樓梯間走了有整整一小時。在我打開他的房門時，他見到我就大叫一聲。他以為我是幽靈，然後才趕緊過來給我一點水，因為我連站都站不穩了。我心跳得那麼厲害，以致於頭都痛了，而且思緒混亂。當我回過神來，我就直接把我的包袱放在他床上，自己坐在一旁，兩手遮臉，哭得淚流滿面。他好像一瞬間全明白了，一副蒼白模樣站在我面前，他這麼憂愁地看著我，讓我的心都碎了。

「『聽我說，』他開口，『聽我說，娜斯堅卡，我什麼也不能做，我是個窮人，我目前什麼也沒有，連像樣的工作也沒有；假如我真娶了您，那我們要怎麼過生活？』

「我們談了很久，但我最後發了狂，說我不能跟奶奶生活了，我要逃開她，不想被別針別著，還有，隨他怎麼想，我就是要跟他去莫斯科，因為我沒有他就活不下去。羞恥心、愛情、驕傲——一下子全在我身上表露出來，我差點沒痙攣得跌在床上。我多麼害怕被拒絕啊！

「他坐著沉默了幾分鐘，然後站起來走向我，握住我的手。

「『聽我說，我善良的，可愛的娜斯堅卡，』他也含淚開口說，『聽我說，我向您發誓，假如有一天我有能力結婚，那一定是您才能讓我幸福；我保證，現在只有您一位可以讓我幸福。聽我說：我去莫斯科，會在那裡待一整年。我希望把我的工作處理好。當我回來的時候，假如您對我沒有變心，我向您發誓，我們將會幸福。而現在是不可能的，我沒辦法，連承諾點什麼都無權做到。但我要重複一句，假如一年過後這事沒發生，那總有一天也必定會實現；當然——這是假設您沒有喜歡上別人的情況下，因為我不能也不敢用什麼諾言來約束您。』

「他就跟我說了這些，然後隔天就走了。對奶奶應該要一起合力避談這件事。他是這麼希望。好了，現在我的故事幾乎全都講完了。剛好過了一年。他回來了，他已經在這裡整整三天了，然後……」

「然後怎麼了？」我沒耐心聽完便大喊。

「到現在他還沒出現！」娜斯堅卡彷彿鼓足了力氣回答，「沒消沒息……」

這時候她停住不說，稍微沉默了一下子，低下頭，突然間，她雙手掩面痛哭起來，這一陣哭聲讓我的心都酸了。

我怎麼都沒想到是這樣的結果。

「娜斯堅卡！」我開口，語氣羞怯又委婉，「娜斯堅卡！看在上帝的份上，別哭了！您怎麼知道？或許，他還不在……」

「在這裡，在這裡！」娜斯堅卡堅持。「他在這裡，這我是知道的。早在他離開的前一晚我們就講好了：當時我們談完話，就是我剛跟您轉述的那一切，並且約定好之後，我們就來到這裡散步，正是來這條堤岸道。那時候是十點鐘，我們坐在這張長凳上，我已經不再哭泣，聽他說話我感到很甜蜜……他說，等他回來的時候他就立刻來找我們，假如我沒拒絕他，那麼就把一切告訴奶奶。現在他回來了，這我是知道的，而他卻不在，不在這裡！」

她又拚命大哭起來。

「我的天！難道真的怎樣都無法解決嗎？」我從長凳上倏地起身絕望無比地喊。「告訴我，娜斯堅卡，連我去找他也不行嗎？……」

「難道可以嗎？」她突然抬頭說。

「不，當然不行！」我忽然醒悟後說。「不然這樣吧：您來寫封信。」

「不，這不可能，這不行！」她堅決地回答，但已經低下了頭不看我。

「怎麼不行？為什麼不行？」我堅持自己的想法繼續說。「但是，娜斯堅卡，您知不知道這是什麼樣的信啊！每封信各有用處，所以……唉呀，娜斯堅卡，就是這樣！相信我，相信我！我不會給您爛意見。這都可以搞定的！您已經邁出第一步了——可為什麼現在……」

「不行，不行！這樣好像是我纏著人家……」

「唉呀，我好心的娜斯堅卡！」我沒按捺住笑，打斷她的話，「才不是，不是；您終歸有權這麼做，因為他承諾了您。而且這一切在我看來，他人很客氣，行事也規矩，」我繼續說，因為覺得自己這套論點很合理而越來越激動，「他是怎麼做的？他自己被承諾約束了。他說，假如要結婚的話，除了您不會跟任何人結婚；是他賦予了您充分的自由，哪怕您現在拒絕他也行……在這種情況下，您可以踏出第一步，您有權利，您在他面前有優勢，哪怕是，比如說假如您想放手讓他不受前面的諾言約束……」

「聽我說，那您會怎麼寫呢？」

「寫什麼？」

「就是寫信哪。」

「我應該會這麼寫：『閣下……』」

「一定要用這個『閣下』嗎？」

「一定要！不過，又為什麼呢？我認為……」

「好，好啦！接著說吧！」

「『閣下！抱歉，我……』其實，不必要，不需要任何抱歉！這裡事實本身就可以證明一切，只要這麼寫：

「『我寫信給您。原諒我的焦急難耐；但我一整年因為抱著希望而感到幸福，現在卻連一天的懷疑都不能忍受，難道我這樣錯了嗎？就在您回來的這個當下，或許您已經改變了自己的心意。那麼這封信要告訴您，我不抱怨，也不怪罪您。我不怪罪您是因為我無權操控您的心；這就是我的命！

「『您是高尚的人。您不會笑我，也不會怨我這些沒耐心的字句，您要想想，寫的人是一位可憐的女孩，她孤單一人，沒有人可以教導她或建議她，她也從來不會控制自己的心。但是原諒我，儘管只有一瞬間，我的心裡還是冒出了懷疑。您不能，甚至連想都不可以，欺負一個從以前到現在都這麼愛您的女孩。』」

「對，對！我想的正是這樣！」娜斯堅卡大喊，眼中露出喜悅。「啊！您解開了我的疑惑，是上帝把您派來給我的！感謝，感謝您！」

「感謝什麼？為了上帝把我派來嗎？」我欣喜若狂地看著她那愉悅的小臉蛋，答道。

「對，就算是為了這個。」

「唉呀，娜斯堅卡！我們本來就要感謝其他人，就算只是為了他們跟我們生活在一起。我感謝您是因為我和您相遇，因為我這輩子都會記得您！」

「好，夠了，夠了！現在是這樣，聽我說一下：那時候的約定是，他一回來就要立刻通知我，捎個信放在我熟識的人家裡，那些都是好心的、對我們的事完全不知情的普通人家；或者假如沒辦法寫信給我，再說，信裡也常常說不清，那麼他就會在回來的當天晚上十點整到這裡來，這是我們定下的會面地點。我已經知道他回來的消息；但眼前已經第三天了，既沒有信也沒見到他。要我一大早離開奶奶無論如何都不行。我的信要請您明天交給那些我跟您說過的好心人士：他們就會轉寄出去；假如有回信，那麼請您明晚十點帶過來。」

「但是信呢，信呢！因為最重要的是要寫信！這樣也許後天一切就會實現。」

「信……」娜斯堅卡回答，有點難為情，「信……可是……」

但是她話沒講完。她開始把臉別過去背對我，臉紅得像玫瑰，突然間我感覺到我手中出現一封信，看來是老早就寫好的，完全是準備好的，還蓋了封印。我腦海中閃過一個熟悉、親切又優美的回憶①！

「Ｒｏ——羅，ｓｉ——西，ｎａ——娜。」我開口念著。

「羅西娜！」我們倆同聲唱出，我興奮得差點要擁抱她，她則紅了臉，也像剛剛那樣羞紅，同時含淚笑著，那淚有如小珍珠般在她的黑色睫毛上顫動。

「好，夠了，夠了！現在要說再會了！」她急急忙忙說著。「這信給您，這是要送去的地址，再會了！再見！明天見！」

她緊緊握住我的雙手，點一點頭，像一枝箭閃進了巷子裡。我在原地站了好久，目送她離去。

她消失在我的眼前後，我腦海中還響起這個聲音——「明天見！明天見！」

---

①《塞維亞的理髮師》第二幕裡，費加洛建議羅西娜寫信給她的情人，她也是早就準備好一封寫好的信；因此下兩句兩人同聲唱出「羅西娜！」。——俄文版編注與譯注

第三夜

今天是個悲傷的日子，下著雨，一道光線也沒有，彷彿是我以後老年時的情景。我被多麼奇怪的想法、多麼沉悶的感受給壓迫著，腦海中還積著一團團尚未明朗的問題——也不知道怎麼回事，既無力也不想解決。這一切不是我該去解決的！

今天我們不會再見面了。昨天我們道別的時候，雲開始遮蔽天空，霧氣升騰。那時我說，明天會是個壞天氣；她沒答話，她不想違反自己的心意；對她來說，這天清明開朗，而且沒有一小片烏雲會蓋掉她的幸福。

「如果下雨的話，我們就不見面！」她說。「我也不來了。」

我覺得，她不會管今天的雨，而此時她卻沒來。

昨天是我們的第三次會面，我們的第三個白夜……

然而，快樂和幸福讓人變得多麼美好啊！心因為愛情而多麼激昂！似乎，你想要盡情吐露自己的心意到其他人的心中，你想要一切愉快，大家歡笑。這種快樂多麼富有感染力！昨天在她的話裡，有那麼多的愉快，那麼多善意打動我的心……她是那麼關心我，對我表現得那麼柔情蜜意，使我的心那麼鼓舞又舒暢！啊，有多少是因為幸福而賣弄風情哪！而我……我卻信以為真；我以為她……

但是，我的天哪，我又怎能這麼以為？要是全都已經被另一人得到，全都不屬於我了；要是到頭來，甚至正是她這溫柔，她的關懷，她的愛情……對，她對我的愛——也就只是即將要跟另一人約會的那種快樂，只是想把自己的幸福強加在我身上，我又怎能這麼看不清？……要是他沒來，要是我們白等了，她就會皺眉頭，她就會感到害羞又膽怯。她所有的舉止、言談，就變得不那麼輕鬆、快活、歡樂。不過，奇怪的是——她會加倍關注我，同時彷彿下意識地想向我吐露那些她自己想望卻又怕實現不了的事。我的娜斯堅卡這麼羞怯又驚慌，似乎她終於明白我愛她，因而憐憫我這份可憐的愛。就是這樣，當我們不幸，我們就會更強烈地感受到他人的不幸；感覺不會分散，而是集中……

我滿懷期望來找她，好不容易才等到會面。我沒預感到，我馬上會有所感受，也沒預感到，這一切將不會這麼結束。快樂讓她容光煥發，她等待著回覆。他本人就是那個回覆。他應該要來，應她的呼喚跑來。她比我早到整整一小時。起先她對一切哈哈大笑，對我說的一字一句都在笑。我原本顧著說話，之後便停住不說。

「您知不知道，為什麼我這麼快樂？」她說，「又這麼快樂看著您？今天還這麼喜歡您？」

「是嗎？」我問，我的心顫抖了起來。

「我喜歡您是因為您沒愛上我。因為要是換成別人站在您的立場，會開始騷擾、糾纏，會想唉聲嘆氣、一病不起的，您卻是這麼可愛！」

這時候她緊緊握住我的手，差點沒讓我放聲大叫。她笑了開來。

「天啊！您真是夠朋友！」過了一分鐘，她非常嚴肅地說，「是您，上帝派您來給我！好了，要是您現在沒跟我在一起，我真不知道會怎樣？您多麼無私啊！您多麼正當地愛著我！我以後要嫁人的時候，我們還會非常友好，超越親情。我會愛您幾乎就像愛他一樣……」

這一瞬間，不知怎麼我開始感到悲哀極了；不過，有某種像是嘲笑的東西在我心底蠢蠢動了起來。

「您情緒太激動了，」我說，「您是膽小害怕，您認為他不會來了。」

「隨您怎麼想！」她回答，「要是我沒那麼幸福的話，我恐怕會因為您的不信任和責備而哭起來。不過，您讓我生出了一個想法，可以好好想一想；但是我稍後再想，現在我得向您坦白，您說得對。是的！我有點心不在焉；我好像把全副心思都放在等待上，還感覺一切都有點太輕鬆愉快了。夠了，別再提感覺了！……」

這時候傳來一陣腳步聲，黑暗中出現一位路人朝我們這邊走來。我們倆都打起顫來；她幾乎要大叫一聲。我放下她的手，假裝像是要離開。但是我們都搞錯了：這個人不是他。

「您怕什麼？為什麼您放掉我的手？」她又把手給我，說道。「那又怎麼樣？我們要一起見他。我想要讓他看見我們彼此多麼相愛。」

「我們彼此多麼相愛！」我大叫。

「啊，娜斯堅卡，娜斯堅卡！」我心想，「妳這話裡有多少含意呀！因為這樣的愛，娜斯堅卡，**有時候**可會讓人心冷，心情沉重的。妳的手是冷的，我的卻熱如火。妳真是看不清啊，娜斯堅卡！……唉！幸福的人有時候真是讓人受不了！但我沒辦法對妳生氣！……」

結果我心裡還是感到憤憤不平。

「聽我說，娜斯堅卡！」我大叫，「您知不知道我這一天怎麼過的？」

「什麼，有什麼事嗎？趕快說！您幹嘛到現在一直不說話！」

「首先，娜斯堅卡，當我完成所有您交辦的事，送了信，到了您的善心人士那邊，然後……然後我回家，躺下睡覺。」

「就只這樣？」她笑著打斷我的話。

「對，幾乎就只這樣，」我答得不情不願，因為我的眼中已經積滿了愚蠢的淚水。「我在約定會面的一小時之前睡醒，但好像沒睡一樣。我不知道我怎麼了。我來是要跟您訴說這一切，彷彿時間對我來說靜止了，彷彿從這時候開始應該有一個感受或一種感覺要永遠留在我心裡，彷彿這一瞬間應該要持續到永永遠遠，好像這一輩子對我來說都靜止了……當我醒來時，我覺得有一種音樂的曲調，是早已熟悉的、從前在哪曾聽過的、被遺忘的、甜美的旋律，現在浮現在我心頭。我覺得，這旋律一輩子都在我的心底呼喚著，只是現在才……」

「唉，我的天，我的天呀！」娜斯堅卡打斷我的話，「怎麼全都是這樣？我一句也不明白。」

「唉呀，娜斯堅卡！我想盡辦法要把這個奇怪的想法傳達給您……」我語帶哀怨，話中還暗藏希望，儘管相當渺茫。

「夠了，別說了，夠了！」她又搶話說，才一轉眼她就猜到了，狡猾的女人！

突然間，她變得有點不尋常地多話、開心又調皮。她抓著我的手，一直笑著，想讓我也笑，我每一句令人困窘的話，她都用這麼響亮又這麼長的笑聲回應著……我開始生氣了，她就突然賣俏起來。

「聽我說，」她開口，「因為我有點懊惱您沒愛上我。以後要好好認清這個人哪！但是，不屈不撓的先生，您還是不能不讚美我是那麼單純。我全都跟您說，全都跟您說，無論我腦海中閃過多麼愚蠢的想法。」

「聽一聽，這時候好像是十一點了吧？」我說，遠遠市區的一座塔樓響起勻整的鐘聲。她突然停下來，不再笑了，開始數起敲鐘聲。

「對，十一點了。」末了她說，語氣膽怯又猶疑。

我立刻後悔我嚇著了她，讓她數鐘聲，我咒罵自己的一時激憤。我為她感到憂傷，我不知道該如何補償我的過錯。我開始安慰她，找一找他沒有出現的原因，舉出各式各樣的理由和論證。沒有人比她在這個時刻更好哄騙了，況且，任何人在這個時刻，無論什麼樣的安慰似乎都樂意去聆聽，就算只聽到一點可能得解釋，都會高興得不得了。

「真是好笑，」我開口，越來越急躁且欣賞自己論證上的超凡清晰，「他本來就沒辦法來；您把我給弄不清、給弄迷糊了，娜斯堅卡，因此讓我忘了計算時間……您只要想一想：他才剛收到信；假設他不能來，假設他要回信，那麼信最快要明天才會到。我明天天一亮就去拿信，然後立刻通知您。您還可以假想出上千種可能性：像是，信到的時候他不在家，還有，他可能到現在還沒讀過信？因為一切都有可能發生。」

「對，對！」娜斯堅卡回答，「我也沒想到；當然，一切都有可能發生，」她繼續講，用一種很好說話的語氣，但其中，好像有一個令人懊惱的不諧和音，聽起來有某種其他的不太相干的想法。「您就這麼做吧，」她接著說，「您明天盡可能早點去，如果得到什麼消息，立刻通知我。您不是知道我住哪嗎？」她再跟我說一次她的地址。

之後，她對我突然變得又溫柔又羞怯……她好像仔細聽著我告訴她的事情；但是當我向她提出某個問題時，她又沉默不語，不好意思，還別過頭去。我朝她眼睛一看——果真如此：她在哭泣。

「好了，能不能，能不能？唉呀，您真是個小孩子！真是孩子氣！……夠了吧！」

她試著笑一笑，試著平靜下來，但她的下巴直發抖，胸部不停顫動。

「我想到您，」沉默了一會兒她說，「您這麼善良，假如我沒感受到這點，那我就太無情了。您知不知道，我現在腦袋裡在想什麼？我比較過你們兩位。為何是他——不是您？為何他不像您這樣？他比您差勁，雖然我愛他更勝於您。」

我什麼也沒回應。她似乎在等待我說點什麼。

「當然，我可能還不完全了解他，不完全認識他。您知不知道，我彷彿總是怕他；他總是那麼嚴肅，又好像很驕傲。當然，我知道，他只有看起來是這樣，他內心比我還要溫柔……我記得他那時候是怎麼看著我的，您記得吧，就是當我拎著小包袱去找他的時候；但我對他還是有點太過尊敬，而這不就好像說我們不相配嗎？」

「不，娜斯堅卡，不，」我回答，「這表示您愛他勝過世上一切，而且遠遠勝過愛自己。」

「好，就當作是這樣吧，」天真的娜斯堅卡回答，「可是您知不知道我現在腦袋裡在想什麼？我現在就是不談他，而要談談其他的一切；所有這些想法老早就在我腦海中了。聽我說，為什麼我們彼此總是不能像兄弟一樣？為什麼最好的人卻常常好像對別人有所隱瞞而沉默？為什麼明知道自己不是隨口說說卻又不立刻把心裡話明講出來？而每個人看起來似乎都裝作比實際上更嚴厲的樣子，似乎害怕要是太快表露情感會因此受傷……」

「唉呀，娜斯堅卡！您說得對；要知道這是很多因素造成的。」我打斷了她的話，這一刻我比任何時候都更壓抑自己的情感。

「不，不！」她深情地回應。「就拿您來說吧，您不像其他人那樣！的確，我不知道該如何向您表達我所感覺到的；但我覺得，比如說您吧……至少現在……我覺得，您是在為我犧牲，」她匆匆瞥向我一眼，羞怯地補一句。「我這麼跟您說話，您要原諒我：我不過是個單純的女孩，見的世面也還很少，而且說真的，我有時候不會說話，」

她補充說，語音由於某種含蓄的情感而顫抖，同時她又努力要笑一笑，「但我只想跟您說，我很感謝，這一切我也感覺得出來……啊，願上帝為此賜予您幸福！那時候您對我說了許多您那位夢想者的事，那完全不正確，確切地說，我的意思是，那跟您毫無關係。您現在正常多了，說真的，您完全是另外一種人，並不是您自己所說的那種。如果您有一天戀愛了，那麼祝您跟她在一起會幸福！而對她，我沒什麼可以祝福的，因為她跟您在一起會幸福的。我自己是女人我很清楚，如果我這麼跟您說，您就應該要相信我……」

她不再說話，緊緊握住我的手。我也激動得什麼話也說不出口。這樣過了幾分鐘。

「嗯，看來他今天不會來了！」她抬起頭，終於說。「很晚了！……」

「他明天會來。」我說，語氣極為令人信服且堅定。

「對，」她心情好了起來也跟著說，「我現在自己也覺得，他明天才會來。好了，那再見了！明天見！如果下雨，我大概就不過來。但後天我會來，無論我發生什麼事都一定會來；您一定要在這裡；我想見您，我要把一切都跟您說。」

之後，當我們道別的時候，她伸手給我，目光清澈地望我一眼說：

「我們現在不就永遠在一起了，不是嗎？」

啊，娜斯堅卡，娜斯堅卡！妳知不知道，我現在有多麼孤獨哪！

我當時鐘敲過九點，我就沒辦法待在房間裡，我穿好衣服出門，儘管是個陰雨天。我到了那裡，坐在我們的長凳上。我本來要去他們住的那條巷子，但我覺得不好意思，於是，才差兩步就到他們的房子，我卻連他們的窗戶看也不看一眼便往回走。我回到家憂鬱得很，以前從來不會這樣。真是又溼又悶的時刻！如果天氣好的話，我就會在那裡散步一整夜……

但是明天見，明天見吧！明天她會把一切都跟我說。

然而，今天沒看到信。但是，話說回來，本來就應該是這樣。他們已經在一起了……

第四夜

老天呀，這一切怎麼會這樣結束！這一切怎麼會用這種方式結束！

我九點鐘到。她已經在那裡了。我老遠就注意到她；她就像第一次碰面時那樣站著，手肘支著堤岸欄杆，也沒聽見我走到她身邊。

「娜斯堅卡！」我叫了她一聲，勉強按捺住自己的緊張。

她迅速轉身向我。

「好了！」她說，「好了！趕快！」

我困惑不解地看著她。

「哦，信在哪裡？您把信帶來了嗎？」她手抓著欄杆重說一次。

「沒有，我沒有信，」我終於說，「難道他還沒來？」

她臉色慘白，動也不動地看著我好長一段時間。我打破了她的最後希望。

「哼，不管他了！」她終於說話，吞吞吐吐地，「不管他了——既然他這麼拋下我。」

她放低目光，之後想要看我一眼，卻又做不到。她還花了好幾分鐘來克制自己的不安，但突然間她轉過身去，手肘支著堤岸欄杆，淚流滿面。

「別這樣，別再哭了！」我本該要說的，但是我望著她卻無力繼續說下去，況且我還要說什麼呢？

「不要安慰我，」她哭著說，「不要提他，不要說他會來，或者說他沒有如他所做的這麼殘酷沒人性地拋棄了我。為什麼，為了什麼？難道我的信，這封不祥的信中有什麼問題嗎？……」

這時候一陣痛哭打斷了她的說話聲；我看著她，心都碎了。

「啊，這真是殘酷沒人性哪！」她又開口。「連一行字也沒有，一行字也沒有！哪怕他回信說他不要我，說他拒絕我都好；但卻是整整三天一行字都沒有！他多麼輕易地傷害、欺負一個可憐又無助的女孩，這女孩錯就錯在愛上了他！啊，在這三天我有多麼難受！我的天！我的天呀！想起我第一次獨自去找他，在他面前我作賤自己，我哭著向他乞求哪怕是一滴點愛也好……所以後來才會這樣！……聽我說，」她轉向我說，一雙黑眼珠閃閃動人，「這才不是這樣！這不可能會這樣；這不合理！若不是您，就是我搞錯了；也許，他沒收到信？也許，他到現在還一無所知？怎麼可能，您自己評評理，告訴我，看在上帝的份上，跟我解釋清楚——我不能理解這件事——怎麼能夠像他這麼野蠻粗魯地對我做出這種事！一句話也沒有！可是，對待世上最壞的人還往往比較有同情心一點。也許，他聽到了什麼事情，也許，有誰跟他說了很多我的事？」她喊了起來，轉頭問我：「怎麼，您怎麼想？」

「聽我說，娜斯堅卡，我明天用您的名義去找他。」

「嗯！」

「我全都向他問清楚，全都告訴他。」

「嗯，嗯！」

「您來寫一封信，不要說不，娜斯堅卡，不要說不！我會逼他尊重您的行為，他會了解一切的，假如……」

「不，我的朋友，不，」她打斷我的話。「夠了！我不會再寫了，一句一字我都不會再寫了——夠了！我不了解他，我不再愛他，我會忘……掉……他……」

她說不下去了。

「冷靜點，冷靜點！在這坐下，娜斯堅卡。」我說，並讓她坐在長凳上。

「我是很平靜。別說了！不就是這樣！這眼淚會乾的！您以為我要自尋短見，要投水自盡嗎？……」

我滿心煩惱，本想要開口說話，但沒辦法。

「聽我說！」她抓起我的手繼續說，「告訴我：您該不會這麼做吧？對一個主動來找您的女孩，您該不會不知羞恥地嘲笑她那脆弱愚蠢的心吧？您該會珍惜她吧？您該要設想一下，她是孤單一人，她沒本領照顧自己，她沒本領阻止自己愛上您，她沒有錯，她始終都沒有錯……她什麼都沒有做！……啊，我的天，我的天呀！……」

「娜斯堅卡！」我終於大喊，沒辦法克服自己的不安，「娜斯堅卡！您在折磨我！您刺痛我的心，您要殺死我，娜斯堅卡！我不能沉默了！我終究得說話，說出我悶在心裡的話……」

我一邊說，一邊從長凳坐起身。她抓起我的手，驚訝地看著我。

「您怎麼了？」她終於說出口。

「聽我說！」我堅決地說。「聽我說，娜斯堅卡！我現在要說的都是胡扯，都不可能實現，都很蠢！我知道，這永遠不可能發生，但我就是沒辦法沉默。為了您現在所受的苦，我趁早懇求您，原諒我吧！……」

「唉唷，怎麼，怎麼了？」她停止哭泣說道，眼睛盯著我看，那時在她那驚訝的眼珠子裡閃爍著古怪的好奇，「您怎麼了？」

「這不可能實現的，但我還是愛您，娜斯堅卡！就是這樣！好，現在全都說了！」我揮一揮手說。「現在您將會明白，您能不能像剛剛那樣跟我說話，還有，您能不能繼續聽我接下來要跟您說的話……」

「唉唷，又怎麼，又怎麼了？」娜斯堅卡插話，「這又怎麼樣呢？對，我早知道您愛我，但我只是覺得，您對我是那種，單純地，隨興地喜歡……啊，我的天，我的天呀！」

「剛開始是單純，娜斯堅卡，但現在，現在……我正像是您那時候拎著小包袱去找他的那種情況。我比您的情況更糟，娜斯堅卡，因為他那時候沒有愛的人，而您現在卻有所愛。」

「您這是在跟我說什麼啊！我畢竟對您完全不了解。但是聽我說，何必要這樣，應該是說不是何必，而是到底為什麼您要這樣，這麼突然……老天呀！我在說蠢話！但是您……」

隨後娜斯堅卡十分難為情。她的雙頰泛紅，目光低垂。

「還能怎麼辦，娜斯堅卡，我還能怎麼辦？我的錯，我藉機起了歹念……但才不，不是，不是我的錯，娜斯堅卡；這點是我聽到，也感覺到的，因為我的心告訴我，我是對的，因為我沒什麼可欺負您，也沒什麼可傷害您！我曾經是您的朋友；看，現在我還是朋友；我什麼都沒有背棄。看我現在眼淚都流出來了，娜斯堅卡。讓它們流吧，流吧——眼淚礙不著誰。淚會乾的，娜斯堅卡……」

「那就坐下來吧，坐下，」她說，讓我坐在長凳上，「唉呀，我的天！」

「不！娜斯堅卡，我不坐；這裡我已經不能再多待了，您已經不能再多看我一眼了；我說完了就走。我只想說，您本該永遠都不知道我愛著您才對。我本該把自己的祕密埋藏起來。現在此刻我就不會用我的自私折磨您。不！但我現在忍受不住了；是您自己先提到這個的，是您的錯，全都是您的錯，不是我的錯。您不能把我趕走……」

「才不會，不會，我不會趕您走，不會！」娜斯堅卡說，盡可能地掩藏自己的困窘，她這可憐兒。

「您不趕我嗎？不！本來就是我自己想逃開您。我這就走，只是我要先把話說完，因為，您剛剛在這裡說話的時候，我坐立難安，那時您在這裡哭，您心痛難受——由於，嗯，就是由於（我偏偏要說出這點，娜斯堅卡），由於您被人拒絕了，由於您的愛被人放棄了——我感覺到，我察覺到，在我心裡有那麼多對您的愛，娜斯堅卡，有那麼多的愛！……於是我感到多麼痛苦，我無法用我這份愛幫助您……我的心碎了，因此我，我——不能再沉默了，我一定要說，娜斯堅卡，我一定要說！……」

「對，對！跟我說，就這樣跟我說話！」娜斯堅卡講話的同時做了一個難以形容的動作。「我跟您這麼說，您或許覺得奇怪，但是……說吧！我稍後也跟您說！我全都跟您說！」

「您是可憐我，娜斯堅卡；您只是可憐我，我的好朋友啊！已經過去的，就讓它過去吧！已經說過的，就收不回來了！不是這樣嗎？好了，所以您現在全都知道了。欸，這就是個開端。欸，很好！現在這一切都很美好；只不過您要聽我說。您剛剛坐著哭泣的時候，我心裡在想（唉，讓我把心裡想的說出來吧！），我在想，那個（嗯，這當然不可能啦，娜斯堅卡），我想，您……我想，您在那裡要設法……就是，像任一個全然的外人那樣，不再愛他。那麼——這點我在昨天和前天都已經想過了，娜斯堅卡——到時候我該要做到，而且一定要做到讓您愛上我：因為您說過，因為您自己說過好幾次，娜斯堅卡，您說您已經幾乎完全愛上我了。好，接下來還有什麼？欸，我全部想說的差不多就是這樣；其餘的只想說，要是您愛上我的話，到時候會怎樣，只有這點，沒別的了！聽我說吧，我的朋友——因為您始終是我的朋友——我當然是一個普通、貧窮、不那麼重要的人，只是問題不在這裡（我有點不知所云，這是因為心慌意亂，娜斯堅卡），而是我會這麼愛您，這麼愛到，就算您還愛他，就算您要繼續去愛那位我不認識的人，那您也不會覺得我的愛對您是個什麼沉重負擔。您時時刻刻只會感受到、感覺到，在您身邊有一顆感恩再感恩的心、一顆火熱的心在為您跳動……唉呀，娜斯堅卡，娜斯堅卡！您對我做了什麼！……」

「就別哭了，我不想要您哭，」娜斯堅卡快速從長凳站起來說，「走吧，站起來吧，跟我走吧，就別哭了，別哭了，」她一邊說，一邊用自己的手帕擦我的眼淚，「好，我們現在走吧；我可能要跟您講一些事情……對，即使他現在拋棄我，即使他忘了我，可我還是愛他（我不想騙您）……但是聽我說，您要回答我。假設，比如說，我愛上您，這是說，只是假設……唉呀，我的朋友，我的朋友啊！我想到，想到，那時候我稱讚您沒愛上我不就是在嘲笑您的愛嘛，那麼我真是傷了您！……啊，老天呀！我是怎麼沒預料到這點，我怎麼沒預料到，我怎麼這麼蠢，但是……好，好，我決定了，我要全講出來……」

「聽我說，娜斯堅卡，知道嗎？我要離開您，就是這樣！我只不過在折磨您。看您現在因為嘲笑的事而良心不安，並不是我想要的，對，我不想讓您除了自己的悲傷之外還……當然，是我的錯，娜斯堅卡，但是再見了！」

「站住，聽我說完：您可以等一下嗎？」

「等什麼，怎麼了？」

「我愛他；但這將會過去，這應該會過去，這不可能不過去；就要過去了，我感覺得到……說不定，今天可能就會結束，因為我恨他，因為他嘲笑我，那時候您在這裡跟我一起哭泣，因為您不會像他一樣拒絕我，因為您愛我，而他不愛我了，因為我自己，到最後，是愛您的……對，愛！我愛，就像您愛我一樣愛；因為我自己老早就跟您說過這點，您自己也聽到了——我之所以愛，是因為您比他好，因為您比他高尚，因為，因為他……」

這可憐兒的不安如此強烈到她沒把話說完，就把自己的頭靠在我的肩上，隨後倚在我胸前痛哭起來。我安慰她，勸她，但是她停不下來；她一直握住我的手，在啜泣聲之間說：「等一等，等一等；看我馬上就停下來！我想跟您說……您不要以為這些眼淚是——這就是這樣，只因為軟弱，一下就過去了……」最後她停了下來，擦乾眼淚，我們又走起路來。我本來想說話，但有好長一段時間她還是一直請我再等一下。我們沉默下來……最後她打起精神，開始說話……

「就是，」她開口，語音虛弱又顫抖，但其中突然噹地響起某個東西，是那種直直刺入我的心而且在心底發出一聲甜美的哀怨，「不要以為我這麼容易變心，這麼輕浮，不要以為我可以這麼輕鬆快速地遺忘和變心……我愛他愛了一整年，我在上帝面前發誓，我從來從來沒有，甚至連想都沒想過要對他不忠。他不在乎這點，還嘲笑我——隨他去吧！但他侮辱了我，傷害了我的心。我——我不愛他，因為我愛的人只能是，寬厚的、了解我並且又高尚的人；因為我自己就是這種人，而他配不上我——哼，隨他去吧！他最好是這麼做，總比之後我在期待中受騙才發現他是這種人的時候要好……嘿，當然啦！但又怎麼知道呢，我好心的朋友，」她握一握我的手繼續說，「怎麼知道呢，也許，我全部的愛只是情感和想像的錯覺，也許，這愛出自於人家的惡作劇和荒唐的念頭？因為我那時候在奶奶的監視下。也許，我應該要愛其他人，而不是他，不是他這種人，要愛其他願意愛惜我的人，並且……好了，別管了，別管這個了，」娜斯堅卡中斷說話，緊張得喘不上氣，「我只想告訴您……我想告訴您，假如，雖然我愛他（不，應該是愛過他），假如，雖然如此，您還是會說……假如您覺得您的愛這麼偉大，大到最終可能取代**我**心中的舊愛……假如您想憐憫我，假如您不想把我一個人丟到那無以慰藉又沒希望的命運中，假如您想一直愛我，如同您現在愛我這樣，那麼我發誓，我這份感激……我這份愛終將不會愧對您的愛……您現在是否要牽起我的手呢？」

「娜斯堅卡，」我哽咽得喘不過氣來大喊，「娜斯堅卡！……啊，娜斯堅卡！……」

「好，夠了，夠了！好，現在非常夠了！」她說，勉強克制著自己，「好，現在全都已經說了；不是嗎？就這樣吧？欸，您也幸福，我也幸福；這再也不需要多說什麼；等一下；饒了我吧……看在上帝的份上，您講點其他的事吧！……」

「對，娜斯堅卡，對！關於這些夠了，現在我很幸福，我……好了，娜斯堅卡，好了，我們來說說其他的事吧，趕快，趕快說吧；對！我準備好了……」

而我們不知道要說什麼，我們又笑又哭，我們說了千百句既無關聯也無意義的話；我們一下沿著人行道漫步，一下又突然折返，並穿越街道而過；然後停了下來，又再過馬路回堤岸道；我們像小孩子一樣……

「我現在一個人住，娜斯堅卡，」我說，「那明天……唉，當然，娜斯堅卡，您知不知道，我很窮，我全部財產只有一千二①，但這沒關係……」

「這當然沒關係，奶奶還有養老金，這樣她不會給我們添麻煩。應該要帶著奶奶。」

---

①這裡指盧布。

「當然，應該要帶著奶奶……只是這個瑪特留娜……」

「唉呀，再說我們也有一個費克拉！」

「瑪特留娜很善良，只有一個缺點：她沒有想像力，娜斯堅卡，完全沒有任何想像力；但這沒關係！……」

「無所謂；她們兩個可以住在一起；只是您明天要搬來我們這裡。」

「怎麼是這樣？到你們那裡！好，我願意……」

「對，您要來我們這裡租房子。我們那邊上面有閣樓；現在空著；之前有個女房客，一位老太太，貴族人士，她搬走了，因此奶奶，我知道她想找年輕男人來住；我說：『為何要找年輕男人？』她就說：『是這樣，我已經老了，只是妳不要以為，娜斯堅卡，我是想作媒把妳嫁給房客。』我也猜到，就是這麼回事……」

「唉呀，娜斯堅卡！……」

於是我們倆就笑了。

「好了，真是夠了，夠了。那您是住在哪裡？我都忘記了。」

「在〇〇橋旁邊的巴蘭尼科夫的房子裡。」

「是那棟好大的房子嗎？」

「對，是那棟好大的房子。」

「唉呀，我知道，是棟好房子；只是您，知不知道，別住那了吧，盡快搬來我們這裡……」

「明天就來，娜斯堅卡，明天就來；我還欠那邊一點房租，這也沒什麼……我就快領薪水了……」

「您知不知道，或許，我將來可以幫人家上課；等我自己學習結束後，就去幫人家上課……」

「那這太棒了……而我很快要領到獎金了，娜斯堅卡……」

「這麼看來，您明天就要當我的房客……」

「對，我們就去聽《塞維亞的理髮師》，因為現在它又快要上演了。」

「對，我們去，」娜斯堅卡笑著說，「不，我們最好不要去聽《理髮師》，還是聽點什麼別的……」

「那好吧，聽點什麼別的；當然，這樣更好，我倒是沒想到……」

我們倆一邊談這個，一邊彷彿在陶醉迷茫中徘徊，彷彿我們不知道自己發生了什麼事。有時候停住腳步，在一個地方聊天聊好久，有時候又跑來跑去天曉得去什麼地方，接著又是笑又是哭……有時候娜斯堅卡突然想回家，我不敢留住她，就想送她回家；我們上路了，突然間，經過一刻鐘我們又發現自己出現在堤岸道，回到我們那張長凳旁。有時候她深嘆一口氣，淚珠又再盈眶；我驚慌起來，身子發冷……但是她馬上握著我的手，拉著我再去走走，聊聊天，說說話……

「現在是時候了，是時候我該回家了；我想非常晚了，」娜斯堅卡終於說，「我們別再這麼孩子氣了！」

「對，娜斯堅卡，只是我現在還睡不著覺；我不回家。」

「我好像也睡不著；您就送我回去吧……」

「一定！」

「但這次我們可一定要走到公寓。」

「一定，一定……」

「保證嗎？……因為畢竟總是得回家呀！」

「保證。」我笑著回答……

「好，走吧！」

「走吧。」

「看看天空，娜斯堅卡，看一看！明天將會是非常好的天氣；好一個藍天，好一個月亮！看一看：就是這朵黃色的雲現在要遮住月亮了，您看，您看！……不，它從旁邊過去了。看呀，看！……」

但是娜斯堅卡沒有看雲，她動也不動地默默站著；一分鐘後她變得有點害羞，緊緊地依偎著我。她的手在我的手中發起抖來；我看著她……她靠著我更用力了。

就在這個時候，有一位年輕男子經過我們。他突然停下腳步，仔細地瞧著我們，然後再走開幾步。我的心開始顫抖……

「娜斯堅卡，」我輕聲說，「娜斯堅卡，那個人是誰？」

「是他！」她喃喃應著，同時更貼近又更膽怯地依偎著我……我差點站不住腳。

「娜斯堅卡！娜斯堅卡！這是妳啊！」我們身後好像傳來說話聲，而且就在這一刻，年輕男子向我們走來好幾步。

天啊，真是難以形容的一聲叫喊！她顫抖得多麼厲害！看她怎麼掙脫了我的手朝他迎面飛舞過去！……我像個被打死的人站著看他們。但她才剛剛伸手給他，才剛剛撲向他的懷抱，突然又轉向我，好似一陣風，又如閃電，出現在我身旁，接著，在我尚未清醒之前，她雙手摟住我脖子，強烈火熱地親吻我。然後，一句話也沒對我說，就又撲向他，抓起他的手，拉他跟著自己走了。

我站了好久，目送他們離去……最後他們兩人消失在我的眼前。

早晨

我的這些夜在早晨結束了。白天令人不舒服。下著雨，鬱鬱地敲打我的窗；小房間很暗，院子裡陰沉沉。我的頭又痛又暈；身體不知不覺地發起燒來。

「有你的信，老兄，市郵局的郵差送來的。」瑪特留娜進來對我說。

「信！誰寄的？」我從椅子上跳起來大喊。

「我不曉得，老兄，你看看吧，或許上面有寫是誰寄的。」

我把封印拆掉。這是她寄的！娜斯堅卡對我這麼寫：

啊，原諒我，原諒我！我跪著懇求您，原諒我！我欺騙了您，也騙了自己。這是一場夢，是幻影……我今天為了您難受極了；原諒我，原諒我！……

別怪我，因為我完全沒有背叛您；我說過我將會愛您，就連現在也愛您，比愛還更愛。啊，老天呀！要是我可以同時愛你們兩個就好了！啊，要是您是他就好了！

「啊，要是您是他就好了！」——我腦海中浮現這句話。我記得的就是妳的這些話，娜斯堅卡！

對天發誓，我現在願為您做任何事！我知道您感到沉重憂傷。我傷害了您，但您知道——人要是愛上了，怨恨大概就記不久。而您是愛我的！

感謝！對！感謝您的這份愛。因為它已經在我記憶中留下了深深烙印，有如一覺醒來仍會久久記得的甜蜜的夢；因為我永遠會記得那一瞬間，您如兄長般對我那麼敞開心胸，又那麼寬厚地接納我這顆絕望的心，如獲贈禮般珍惜它、愛護它、治癒它……如果您原諒我，那麼我對您的記憶將會是崇高的，我心底對您的感覺將會是永懷感恩，且永不磨滅……我會保存這份記憶，永遠忠於它，不會背棄它，我不會變心：因為它太過堅貞。昨天這顆心還這麼快速地回到它曾經永遠屬意的那個人身邊。

我們會再見面的，您要來找我們，您不會拋下我們，您是我永遠的朋友、兄長……您再見到我的時候，會向我伸出手……是吧？您會向我伸出手的，您原諒了我，不是嗎？您**像從前那樣**愛著我吧？

啊，愛我吧，別拋下我，因為我這一刻多麼愛您，因為我配得上您的愛，因為那是我應得的……我親愛的朋友！下星期我就要嫁給他。他是愛我才回來的，他從來沒忘記我……您別氣我提到了他。不過我想要跟他一起去找您；您會喜歡他的，不是嗎？……

盼您原諒，盼您記得，盼您愛的

您的**娜斯堅卡**

我反覆讀著這封信好久；不禁流下眼淚。最後信從我手中掉落，我雙手掩面。

「親愛的！啊，親愛的！」瑪特留娜開口。

「什麼事，老太婆？」

「天花板上的蜘蛛網我全清掉了；你現在不管是娶妻或宴客，這個時候正好……」

我看著瑪特留娜……這是一個尚有活力的**年輕**老太婆，但是，我不知道為什麼，她突然讓我覺得她的眼神毫無生氣，臉上滿布皺紋，一副駝背又衰老的模樣……我不知道為什麼，突然覺得我的房間也變得像這個老太婆一樣老了。牆壁和地板色澤不再，一切都暗沉沉的；蜘蛛網結得更多了些。我不知道為什麼，當我望向窗外，我覺得對面的那棟房子也同樣變得老舊、暗沉，圓柱上的灰泥剝落、塌散，簷板變黑、龜裂，牆面從原本鮮明的深黃色變得花色斑駁……

也許是陽光，忽地從烏雲後露出，復又藏到雨雲後，我眼前的一切又再暗沉沉；或許，在我面前這麼淒涼悲哀地一閃而過的可能是我未來的前景，而我看到整整十五年後我變老了的模樣，就像我現在這番情景，還是待在同樣這間房裡，依舊孤獨，跟同樣那位瑪特留娜在一起，這些年來她一點也沒變聰明。

但是，要讓我記得我的怨恨，娜斯堅卡！要讓我在妳那明亮安詳的幸福裡添上陰影，要讓我痛斥一番使妳心裡發愁，用難以言喻的折磨傷害妳的心，使它在美滿的時刻憂愁地跳動，還有當妳跟他齊步邁向教堂祭壇時，要讓我蹂躪那些妳編在自己黑色捲髮上的嬌美花兒，哪怕是其中一朵也好……啊，永遠不要，永遠不要！願妳的天空將會明亮，願妳那可愛的笑容將會開朗安詳，願妳將會平順喜樂，因為妳把美滿幸福的一瞬給予了另外一顆孤獨而感激的心哪！

我的天啊！美滿幸福的完好一瞬！哪怕是用之於人的一生，難道還不夠嗎？……

小英雄①

（摘自來歷不明的回憶錄）

①一八四九年，作者被囚於彼得保羅要塞中所寫，一八五七年，兄米哈伊爾將作者手稿原名《兒童童話》改為現在的題名，以匿名「M--ий」發表於《祖國紀事》。一八七四年作者與友人弗謝沃洛德·索洛維約夫（Vsevolod Solovyov, 1849-1903）談到創作這部小說時的心情：「我身陷要塞牢獄的時候，我想我這就完蛋了，還想我撐不過三天，可是——突然就完全平靜了下來。是不是我在那裡做了什麼？……我在寫〈小英雄〉——您讀一讀吧，難道那故事裡有看到憤恨痛苦嗎？是我作了安詳又美好的夢。」另外，值得注意的是，作者十六歲之前幾乎都在莫斯科生活，小說的景物描寫反映出作者少時對鄉村莊園生活的印象，這來自他每年暑假在自家的達羅沃耶（Darovoye）莊園，以及他非常喜愛的阿姨庫瑪尼娜的家族在莫斯科郊區菲利（Fili）的別墅；這段鄉村生活經歷對未來作家的心靈產生巨大的影響。——俄文版編注與譯注

我那時候將近十一歲。七月，我被送到莫斯科郊外的鄉村，到我的一位親戚T家作客，那個時候他們家聚集了大概有五十位客人，也許還更多……我不記得，也沒算過。氣氛喧鬧又歡樂。這好像是在過節，還是為了永遠不要結束而開始的節日。我們的主人好像是承諾過要盡快揮霍掉自己所有的龐大財產，不久前他也真的證實了這個意圖，確切地說，是要完完全全揮霍掉，乾乾淨淨，一點都不剩。新的客人不停來訪，莫斯科才兩步遠，舉目可見，因此離開的人也只是把位子讓給其他新來的人，節日則照常進行。娛樂一個接一個，不會想到要結束。一下子去附近騎馬，整批成隊地，一下子又到松樹林或河邊散步；在田野上野餐、午餐；晚餐在家裡的大露台上，那裡擺放了三排珍貴的花朵，芬芳氣味瀰漫在清新的夜晚空氣中，我們的女士們本來幾乎個個都漂亮，在燦爛的燈光下，現在好像變得更加迷人了，她們的臉龐仍處在白天遊玩心情的影響下而朝氣蓬勃，她們的眼睛發亮，她們與各方歡快的言談，洋溢著鈴鐺般的清脆笑聲；時而有舞蹈、音樂、歌唱；如果天色陰暗，就來表演活人畫①，或者玩猜字謎、諺語；另外還會安排家庭戲劇演出。愛說漂亮話的人、講故事的人和說俏皮話的人這裡都少不了。

可以看到有一些人表現得鋒頭很健。毫無疑問，照常有誹謗、流言，因為少了這些社會就停滯不動，上百萬人也會像蒼蠅似的煩悶而死。但因為我那時候才十一歲，也就不太注意這些人物，而是完全著迷於其他的人，即使我注意到了，也不是全貌。有些事情是後來才想起來的。在我年少的眼裡能見到的情景，也只有光彩輝煌的那一面，就是大家一起興高采烈、神采飛揚、熱熱鬧鬧——這一切我所不曾見聞過的，多麼令我震驚，以致於我在最初幾天完全不知所措，我的小腦袋暈頭轉向。

但是我現在所說的一切，都是我十一歲那時候的事，而當然，我那時是個小孩子，不過就是個小孩子。這些美麗的女人中有許多位對我很親熱，卻還沒想到要問問我的年紀。但是——真是奇怪！——有一個我自己也無法理解的感受已經籠罩著我；有一個到現在還不熟悉的東西就在我心頭窸窣響；是什麼東西心裡也不清楚；但為什麼我的心時而發燙又怦然顫動，彷彿受了驚嚇，我還經常突然就滿臉通紅。有時候因為我享有孩子的各種特別待遇，而覺得有點羞愧，甚至難堪。有時候我好像驚訝得不知如何是好，因此我就出去到某個人家可能看不到我的地方，好像是為了要喘一口氣，還為了要記起某件事，某件至今我覺得記得非常清楚而現在卻突然忘記的事情，但沒想起來我就還不能出來，也絕不可能出來。

還有，我覺得我對大家隱瞞了什麼事，但我無論如何也不要跟人家說這件事，要是說了，我這麼一個幼小年紀的人是會感到羞愧落淚的。沒多久，身陷在這個生活漩渦之中，我感覺到一種孤獨。那裡也有其他的小孩，但全都——比起我來要不是年紀太小，不然就是太大；不過，我也沒空理他們。當然，要不是我的處境特殊的話，我就不會有什麼事了。在所有這些美麗女士的眼中，我仍然還是一個年紀小尚未定性的孩子，是那個她們有時喜歡愛撫，而且可以讓她們像跟小玩偶一起玩樂的對象。特別是其中的一位，一個迷人的金髮女孩，她有一頭蓬鬆濃密的頭髮，是我後來從未見過的，大概，也永遠不會再見到，她好像發誓要讓我不得安寧。我們周圍響起的笑聲，讓我驚慌卻讓她歡樂，她時時刻刻都用激烈又任性的瘋狂行為逗我而引發這樣的笑聲，顯然這給了她極大的快感。她以前在寄宿學校，大概會被朋友取個「搗蛋鬼」的綽號。她漂亮極了，而且在她的美麗之中似乎有某個東西，讓人一見到她就為之著迷。當然啦，她不像那些年

①活人畫（源自法文 tableaux vivants），一種靜態表演，由真人去模擬一幅畫的人物、場景等。

紀小、羞答答的金髮小女孩，她們白皙得像剛冒出來的絨毛，嬌柔得像小白鼠或牧師的女兒一樣。她的身材不高，還有點胖，臉蛋的輪廓卻是細緻清秀，被雕琢得很迷人。這張臉有如閃電綻放般亮麗，而她整個人——像一團火似的，活躍、敏捷又輕盈。她那雙睜得大大的眼睛裡彷彿火花四射，閃爍得像鑽石似的，我永遠不會把這麼湛藍璀璨的眼睛換成黑色的，就算它們勝過最黑的安達魯西亞女子的眼眸也不換，再說，我的金髮女孩，真的是比得上那位被知名優秀詩人所歌頌的出色的黑髮女孩，這詩人還在這麼絕妙的詩中以全卡斯提亞來起誓，說他願意粉身碎骨，只要能讓他用指尖碰一碰那美人的披巾①。還要補充說的是，**我的**美人是世上所有美人中最快樂的一位，她是最能恣意哈哈大笑的人，儘管她嫁人大概已經有五年了，還是像孩童一樣愛鬧。她的笑始終抹在鮮嫩的雙唇上，而那唇鮮嫩得有如早晨的玫瑰，乘著第一道陽光才剛綻放鮮紅芬芳的蓓蕾，上面幾顆冰涼碩大的露珠仍未乾涸。

我記得在我抵達後的第二天舉行了一場家庭戲劇表演。那天的大廳，就像常說的，擠得滿得不能再滿了；連一個空位也不剩；因為我不知為什麼剛好又遲到，我就勉強站著看戲。但是有趣的表演越來越把我吸引到前面，因此我不知不覺就擠過去到最前面的幾排座位，在那邊我最後把手肘靠在一張椅背上，那椅子上坐著一位女士。這就是我那位金髮女孩，但當時我們還不認識。而這時候，我不知怎麼無意中對她那圓得出奇又迷人的肩膀看得出神了，那麼豐滿又白皙如奶泡，雖然我堅定地覺得看什麼都無所謂：無論是看美妙的女人肩膀，還是看最前排有一頂綁火紅繫帶的包髮帽，那帽子下遮著一位令人敬重的女士的白頭髮。金髮女孩的旁邊坐著一位老處女，她是那種——正如我後來偶然注意到的，就是不斷盡量擠近年輕漂亮女人小圈圈的那種人，而且還會選那種不排斥年輕男人的小圈圈。但這是題外話；就是這個老處女看出了我關注的對象，她俯身向身旁的女人在耳邊嘻嘻笑著悄悄說了什麼。金髮女人突然轉身，我記得她那炯炯的目光望著我，在昏暗之中是那麼閃亮，尚未準備好這個會面的我，好像燙著了似的抖了一下。那美女微微一笑。

---

①指法國浪漫主義詩人繆塞（Alfred de Musset, 1810-1857）的詩〈安達魯西亞女郎〉（1829）第五節中的描寫，這首詩因譜成歌曲流傳甚廣。——俄文版編注

「他們的表演您喜歡嗎？」她問，戲謔又嘲笑地看著我的眼睛。

「是的。」我回答，依舊有點驚訝地望著她，我的驚訝顯然也讓她喜歡。

「那您為什麼站著？這樣——您會累的；難道您沒有座位嗎？」

「正是，沒有，」我回答，這一次美女吸引我的是她的關心多過了閃亮的眼神，我因而相當認真地高興了起來，終於有個好心人，可以跟這人吐露自己的不幸。「我已經找過，可是所有的位子都有人坐了。」我補充說，似乎在向她抱怨位子都坐滿了。

「過來這裡，」她熱情地說，她就是這麼急著決定，如同她急著動歪腦筋一樣，她狂妄的腦袋裡還有什麼念頭沒有過，「過來我這裡，坐到我腿上。」

「腿上？……」我重複一次，感到疑惑。

我已經說過，我的特別待遇開始大大地讓我難堪又羞愧。這種待遇有別於其他的，太超過了，好像是嘲笑。況且，我本身一直是膽小又害羞的男孩，現在面對女人不知怎麼特別膽怯起來，因此尷尬得不得了。

「對呀，腿上！你是為什麼不想坐到我腿上？」她堅持，開始笑得越來越厲害，如此到最後簡直哈哈大笑了起來，天曉得為了什麼，也許是因為她自己發想的提議，或是看我這麼尷尬而感到得意。但她就是要這樣。

我臉紅了起來，困窘地四下張望，找找看可以躲到哪裡；但她已經預防我這麼做，不知怎麼及時抓住了我的手，就是不讓我走，並把我的手拉到她身邊，突然間，完全出乎意料，令我驚訝無比，她竟然用自己那頑皮又火熱的手指把我的手捏得痛死了，還折起我的手指頭，但是這麼痛的情況下，我還費盡全力不要大叫出聲，因此我嘴歪臉斜得非常可笑。除此之外，在得知有這麼可笑又惡劣的女士之後，我感到非常非常驚訝、疑惑，甚至驚恐，這種女人跟小男孩說那些無聊話，還捏得人家這麼痛，真是莫名其妙，而且還當著大家的面。大概，我悲慘的面容反映出我的種種疑惑，因為這頑皮的女孩像個瘋子在我眼前哈哈大笑，同時把我可憐的手指頭捏來折去得越來越厲害。她得意忘形，由於可以像學生似的胡鬧一番，使我這個可憐的小男孩不知所措，她徹底愚弄了我。我的處境悽慘。首先，我羞愧得臉紅，因為幾乎所有周遭的人都轉身看我們，有些人疑惑不解，有些人發笑，隨即明白是那個美女在搗蛋胡鬧。此外，我非常想要大叫，因此她正是看我不叫才那麼殘酷地折我的手指：我可是像斯巴達人一樣，敢於忍受疼痛，擔心大叫會搞得一團混亂，這樣一來，我就不知道我會發生什麼事了。在徹底絕望下，我終於開始反抗，盡全力把我自己的手拉回來，但是我的那位女暴君力氣比我大得多。最後我忍不住了，大叫了一聲——這就是她期待的！她一瞬間撇下我，轉身回去，好像什麼事也沒有過，彷彿不是她在胡鬧，而是別人，就跟學校裡的搗蛋鬼一模一樣，老師才剛轉過身，就開始跟隔壁的搗蛋，去揪某個弱小的同學，給他用手指彈一下，腳踢一下，或用手肘從旁推他一下，然後馬上又回來，調整好坐姿，埋頭書本，開始死讀自己的功課，就這樣，留下怒氣沖沖的老師，像隻老鷹似的衝向吵鬧的地方——並且突然伸出那好長好長的尖嘴。

但是對我來說幸好，這一刻大家的注意力都被我們主人的精湛演出給吸引走了，他在這齣有點像是斯克里柏①喜劇的戲中飾演主角。所有人鼓起掌來；我趁著喧鬧悄悄從前排溜到大廳最後面，到相反的角落去，我躲在圓柱後面，從那裡驚恐地望著那個陰險的美女坐著的地方。她用手帕遮住自己的雙唇，依舊哈哈大笑。她還回頭張望了好久，到處搜尋我——想必她感到非常可惜，我們的瘋狂爭鬥這麼快就結束了，同時想著是不是還有什麼可以胡鬧的。

我們的相識是從這裡開始的，從這個晚上之後，她就不離開我一步。她毫無節制又不要臉地追捕我，成了迫害者，成了我的女暴君。她對待我的把戲的可笑之處就在於，她自稱愛死我了，然後在眾人面前讓我痛苦。毫無疑問，對我這直率又羞怯的人來說，這一切都令人覺得難堪又氣惱到要掉淚，就這樣我有好幾次處在這種嚴峻又危急的情況中，我都準備好要跟我陰險的崇拜者打起來。我天真的困窘，我絕望的憂愁，彷彿鼓舞著她追捕我到最後。她不知憐憫，而我不知道——哪裡可以躲開她。我們周遭響起的笑聲，都是她擅長挑起的，只會激得她更加胡鬧。但是她的玩笑終於被認為有點太超過。也確實，現在回想起來，對待像我這樣的孩子，她真是太放肆了。

但就是有這樣的個性：她是個典型的被寵壞的女人。我後來聽說，她的丈夫對她更是嬌寵慣了，這是個非常胖、非常不高、面色非常紅潤的人，非常富有也非常能幹，至少外表看起來好動又忙碌，他沒辦法在同一個地方待上兩個小時。他每天要離開我們去莫斯科，有時候去兩趟，如他自己所說，都是有事要忙。在這張好笑同時又總是正經的

---

①斯克里柏（Augustin Eugène Scribe, 1791-1861），法國劇作家。

臉龐上，很難找到開心一點、和善一點的模樣。而且他還愛妻子愛到成癖好，愛到令人可憐的地步——他簡直把她當偶像一樣崇拜。

他絲毫不約束她。她有一大堆男男女女的朋友。首先，很少人不愛她，其次——輕佻的女人本身在朋友的選擇上就不太挑剔，儘管她的個性基本上，比起據我剛說過所能夠推想到的，還要嚴肅得多。但是在她所有的女性友人中，她獨獨最喜愛一位年輕的女士，是她的遠親，現在也在我們的社交圈中。她們之間有某種細膩而微妙的關係，這往往是兩位個性截然不同的人相遇時偶爾會產生的其中一種，當雙方有一位比對方更嚴肅、更深沉、更純真，那麼另一位就會極溫順地、自我感覺高尚地、愛慕地服從於對方，因為已經感覺到對方一切優於自己，而且會把對方的友誼看作是幸福接納在自己心中。於是在這兩種個性之間，發展出這般細膩又高尚的微妙關係：愛與徹底的遷就，從一個角度來說是愛與尊重——從另一個角度，這尊重則是到了某種恐懼的地步，以及擔憂自己在你所高度重視的人眼前的樣子，還到了嫉妒又貪婪期待的地步，想在生活中的每一步越來越靠近對方的心。這兩位女子同年齡，但同時從美的角度來看，整體上是有難以估量的差異。M女士本人也非常漂亮，但在她的美貌之中有某種明顯有別於大眾美女的特質；她的臉上有一種表情，會讓大家立刻難以招架地對她抱有好感，或者應該這麼說，它會讓遇見她的人激起一種優雅崇高的好感。是有這種令人幸福的臉龐。任何人一到她身邊就變得更舒坦一些，更輕鬆一些，也更親切一些，不過，她那雙憂鬱的大眼睛，充滿激情和力量，羞怯又不安地望著，好像時時刻刻處於某種敵意與威脅的恐懼之下，然後這股奇特的羞怯有時候會讓她平靜溫婉的輪廓蒙上了一種憂愁，是那種貌似義大利聖母畫的高尚臉龐才有的，因此，望著她，自己很快就好像因為個人或親人的哀愁而變得那麼憂傷。這張蒼白消瘦的臉上，透過眉宇清秀端正的無瑕之美，以及暗自壓抑苦悶的憂愁而嚴肅的性格，仍然這麼經常流露出童真般的開朗表情——這模樣是不久前還容易輕信人的年紀才有的，或許就是天真幸福的模樣；這種平靜卻又羞怯猶豫的笑容——這一切令人震驚，會對這個女人不知不覺就同情起來，每個人心裡會不自主地滋生一股甜蜜又強烈的擔憂，這份擔憂從老遠就大聲為她訴說，並且從旁使人與她親近。但是這美女顯得有點沉默，心事重重，儘管，有人需要同情的時候，當然沒有人比她付出更多的關心和愛護。有種女人，她們好像是生活中的護士。在她們面前可以什麼都不隱瞞，至少心中的傷痛無需隱瞞。誰感到痛苦，那人就勇敢地、懷抱希望地去找她們，而且不怕成為負擔，因為我們之中很少有人知道，在其他女人心中，能有多少這種無限包容的愛、同情和寬宏大量。而滿滿的同情、安慰與希望的珍寶，保存在這些純潔、也常受傷的心中，因為心給予許許多多的關愛與擔憂，但那裡的傷口為了避免好奇的目光而細心遮掩著，因此有再深的悲痛也隱瞞不說。無論傷口有多深，或化膿，或惡臭，都不會使她們害怕：誰朝這顆心走去，那人就值得她們關愛；她們呀，其實，好像生來就是為了建立功績……M女士的身材高，婀娜又勻稱，但有點纖細。她舉手投足不太穩定，有時候慢慢的，從容不迫，甚至有點傲慢，有時候快得像小孩子似的，同時在她的姿態中又流露出一種羞怯的溫順，好像有某個驚慌不安又容易受傷的東西，但卻不向任何人要求、請求來保護。

我已經說過，那奸詐的金髮女人用那不值得稱許的企圖心，羞辱了我，弄傷了我，傷害我到出血。但造成如此還有個祕密、奇怪又愚蠢的原因，被我掩藏了起來，我為了這個原因顫抖得像童話中的那個惡老頭①，甚至一想到這個原因，我就獨自躲在某個隱密昏暗的角落裡絞盡腦汁，那裡是任何一個藍眼睛的女騙子沒辦法用那審判、嘲笑的眼光找得到的地方，一想到這件事，我差點沒驚慌、羞愧又害怕得喘不過氣來——簡單說，我戀愛了，換句話說，假設我在胡扯：因為這是不可能的；但到底為什麼在我身邊的所有人之中，只有一個人吸引了我的注意力？雖然那時候我根本不會想到要去看女人，去認識她們，為什麼我的目光就愛盯著她？這比較常發生在晚上，當陰天所有人被關在房子裡的時候，我就孤單地躲在大廳的某個角落，漫無目的東看西看，完全找不到任何事情做，因為除了欺壓我的那些女人，很少有人會跟我說話，在這些夜晚我都悶得難以忍受。那時候我就仔細看看我周遭的人，聆聽他們的對話，其中我常常一句也不懂，就在這個時刻，M女士那平靜的目光、溫柔的微笑和美麗的臉龐（因此這是她），上帝才知道為什麼，吸引我著迷地關注，我就是無法遺忘這個奇特、模糊但不可思議的甜美印象。常常一連好幾個小時，我的目光好像就是沒辦法離開她；我記熟了她的每一個姿勢、每一個動作，聆聽她渾厚、嘹亮但又有點悶悶的嗓音的每一個振動——真是怪事！——從我所有的觀察中，混雜著羞怯又甜美的印象，讓我產生了一種不可思議的好奇。

---

①指俄國童話中的反派人物「кащей」，外形瘦骨如柴，他是不死的吝嗇鬼，守著寶物和長生祕方。

好像是我要打聽什麼祕密似的……

我最痛苦的是，當M女士在場的時候人家對我的嘲笑。這些嘲笑和開玩笑的欺壓，以我的理解，甚至是侮辱了我。有過幾次這樣的事，當傳來一片大家對我的笑聲時，甚至連M女士也偶爾不自主地參與其中，那時候我就絕望地悲痛不能自已，便從我的女暴君們身邊掙脫開，往樓上跑去，我在那邊孤僻度過一天剩下的時光，不敢在大廳裡露臉。不過，當時我自己都還不了解自己的羞愧和不安；整個過程我是不知不覺地忍受了過去。我幾乎還沒跟M女士說上兩句話，而且，當然，我也還沒決定要這麼做。但是有一天晚上，過了對我來說極難忍受的一天之後，我在遊玩的時候落在其他人後面，我累得不得了，便穿過花園溜回家。在一條僻靜的林蔭小徑，我看見了M女士坐在長凳上。她一個人孤孤單單坐著，好像是刻意選擇了這麼僻靜的地方，她的頭低垂至胸前，不自覺地扯弄手裡的方巾。她是這麼深深思索著，以致於沒聽到我靠近了她。

她一注意到我，就很快從長凳上站起來，轉過身去，我看見她匆匆用手帕擦了擦眼睛。她剛哭過。眼淚擦乾了之後，她對我微微一笑，跟我一起回家。我已經不記得我跟她說了些什麼；但她時時刻刻找各種藉口打發我去辦事：一下子要摘花給她，一下子要我去看看隔壁林徑上騎馬的是誰。每當我一離開她，她立刻又把手帕拿向眼前，擦著不聽使喚、怎麼都止不住的淚水，那淚水總是一再地積攢在心裡，總是從她那雙可憐的眼睛流淌而出。我明白，顯然我成了她的一大負擔，她才這麼頻繁地差遣我，而且她自己已經看見我全都察覺到了，但就是沒辦法自我克制，這點更是讓我為她傷心。這一刻我幾乎對自己氣到絕望，罵自己不機靈又不機智，始終不知道，該如何不表現出我察覺到她的哀傷而機靈點從她身邊走開，但我卻是跟著她並肩走，我心懷憂傷驚訝，甚至驚恐，完全倉皇失措，根本找不到一點話題來持續我們早已乏味的交談。

這次的會面真是令我震驚，讓我一整晚都無比好奇地悄悄盯著M女士，眼睛離不開她。但發生了這樣的事，在我的觀察期間她的目光有兩次出其不意地碰上了我，第二次發現了我之後還微微一笑。這是她在整個晚上唯一一次的笑容。她臉上的憂傷還沒退去，現在的臉龐非常蒼白。她一直靜靜地跟一位年長的女士說話，這是位凶巴巴又愛爭吵的老太婆，因為她會窺探隱私和散布謠言而沒人喜歡她，但大家都怕她，因此都得勉強百般討好她，不管願不願意……

大約十點鐘，M女士的丈夫來了。到現在我還非常專注地觀察她，視線沒有離開她憂傷的臉龐；這時候，當她的丈夫意外現身，我看見她整個人顫抖了一下，她的臉本來就蒼白，現在突然變得比手帕還要白。這是如此顯眼，連旁人都看得出來：我清楚聽到一旁的談話片斷，從中勉強猜得到，可憐的M女士過得不太好。他們說她的丈夫善嫉妒，像那個黑人①一樣，這並不是因為愛，而是出於自尊心。這人一看就是個歐洲人，現代人，一副擁有新思想的樣子，並且以自己的思想為傲。從外表看來，這人是個黑髮、高個且相當結實的先生，蓄著歐洲式落腮鬍，一臉自負的紅潤面色，牙齒如白糖般白淨，還有一副無可挑剔的紳士姿態。大家叫他**聰明人**。在有些圈子裡就是這麼稱呼這類特別的人種，這種人是靠別人養胖的，自己完全什麼都不做，也完全什麼都不想做，由於長期的懶惰和無所事事，他們的心已經成了一團脂肪。你會時時從他們口中聽到，他們無事可做是因為某種非常錯亂又仇恨的環境使然，這樣的環境「使他們的才能疲乏」，並因此「看著他們就感到憂心」。這就是他們那種慣用的華麗詞藻，是他們的格言②，是他們的祕密口令和口號，這類的詞藻被我那些吃飽了的胖子們不時到處濫用，早就已經開始令人厭煩了，如同臭名遠播的口是心非和空話。不過，這些愛說笑的人，其中有一些無論如何都找不到他們要做什麼才好——不過，他們永遠都是連找都沒找——偏偏他們還想要讓大家認為他們的心沒有成了一團脂肪，而是正好相反，總之，就是成了某種**非常深刻的東西**，但確切地說是什麼呢——對此就連最頂尖的外科醫師也不想說什麼，當然這是基於禮貌罷了。這些先生們之所以在社會上冒出頭，是因為使盡自己的本能在粗魯的玩笑、最短視的批評和無限度的驕傲上。因為他們沒別的事可做，除了挑出並反覆強調他人的錯誤和缺點外，因為他們內心的善良情感，跟牡蠣命中注定的一樣多，那麼他們也就不難在那些防護手段下，相當小心地與人們相處。這點他們引以為榮得不得了。比如說，他們幾乎深信，差不多全世界都在幫他們負擔代役租稅；世界在他們手中就像被他們拿來儲備的牡蠣；除了他們之外全都是傻瓜；每個人都像是他們偶爾需要脂膏的時候用來榨取的柳橙或海綿似的；他們是所有人的主子，會有這整個值得稱讚的萬物體系，正因為他們是這麼睿智又出色的人。他們毫無限度的驕傲不容許自己有

①指莎士比亞《奧泰羅》劇中的奧泰羅。

②原文用法文「mot d'ordre」。

缺點。他們像是日常生活的騙子那類人，天生的達爾杜弗們和法斯塔夫們①，他們騙人騙到最後連自己也相信就應該是這樣，也就是說，為了生活他們就是要騙人；騙到經常要大家相信他們是誠實的人，最後連自己也堅信彷彿他們真的就是誠實的人，以及他們的騙局也是真誠的事業。至於良心的內在審判，至於高尚的自我批判，他們永遠都無能為力：因為他們都太胖了，做不來其他的事。在他們心目中最重要的，永遠而且全部就是他們自己這號寶貝人物，是他們的莫洛赫和瓦阿爾②，是他們的優秀的自我。大自然、全世界對他們來說，最多不過就像是一面華麗的鏡子，之所以被創造，是為了讓我這位備受崇拜的小天王不停地照鏡子欣賞自己，而且因為只看自己，就看不到別的人，看不見別的事物；在這種情況下，也就不難理解，世上的一切看在他眼裡都是這麼亂七八糟的。對於一切他都備好了現成的句子——而且還是他們最熟練的——那是最時髦的句子。甚至他們還在各個路口憑空散播這種他們預感會成功的思想，來助長這樣的時髦風氣。他們就是有這樣的嗅覺來嗅出這種時髦的句子，並且比其他人更快掌握要領，於是，這些句子就好像是從他們那裡生出來的。尤其是他們會準備一些自己的句子，來表示自己對人類至深的同情，來定義怎樣才是最正確且依據理性的慈善行為，然後，最終是要不斷地指責浪漫主義，更確切地說，往往是指責到所有的美好與真實的事物，然而組成美好與真實的每一粒原子，都比他們整個軟體動物品種還要珍貴。但是他們草草率率沒看出那種在形式上觀點傾斜、仍處過渡、尚未發展成熟的真理，並且拒絕所有尚未妥善、還沒定型且不穩定的事物。這種吃飽喝足的人一輩子醉醺醺地過活，一切都拿現成的，自己什麼也沒做，也不知道每件事做起來有多麼難，所以，有一點什麼粗糙的東西觸犯到他那油滑的情感就以為是災難了：這種事他永遠不會原諒，永遠會記住，並且樂得去報復。總而言之，我的這位主角不折不扣就是個脹到極點的肥大皮囊，裡面滿是格言、時髦句子和各式各樣的標籤。

但其實M先生也有個特點，是個出色的人：他是一個愛說笑、多話又愛講故事的人，在他的社交圈裡總是有一小群人圍著他。在那晚他特別成功地給人留下深刻印象。

①前者為莫里哀《偽君子》劇中主角；後者為莎士比亞《亨利四世》和《溫莎的風流婦人》劇中主角。

②小亞細亞古代民族的太陽神；在源自基督教詮釋的文學傳統中，象徵殘酷無情的力量。——俄文版編注

他掌控了談話的內容；他精神飽滿、愉快，好像有什麼事讓他高興，使得大家都關注他。但是M女士總是一副不舒服的樣子；她的臉那麼憂傷，讓我不時覺得，她長長睫毛上不久前的淚水現在眼看就要抖落了下來。這一切，如同我先前所說，都讓我驚訝無比。我懷著某種怪異的好奇心離開，我一整晚都夢見M先生，然而在此之前我很少會作這種亂七八糟的夢。

隔天一清早，我被叫去排練活人畫，我有演出其中一個角色。活人畫、戲劇，還有舞會——都定在同一個晚上進行，在主人的小女兒生日這個家庭節日上，演出日期剩不到五天。在這個幾乎是即興安排的節日，邀請了莫斯科和近郊別墅的賓客有上百人，因此有許多忙忙碌碌要張羅的麻煩事。排練，或者倒不如說是試裝，時間定在一清早很不是時候，因為我們的導演，是知名藝術家R先生，也是我們主人的朋友和賓客，看在友好交情的份上才答應要來編導活人畫，並且指導我們，而他現在趕著去城裡買道具，還要為節日活動做最後的準備工作，因此沒有時間可浪費。我參加的那場活人畫，是M女士跟我兩人一起演。這幅畫要表現一個中世紀生活的場景，題目是「城堡的女主人和她的少年侍從」。

跟M女士一起排練，我感到一股說不出的尷尬。我也覺得，她立刻從我的眼中讀出我腦袋中昨天就冒出的那些想法、困惑和猜疑。而且，我總覺得，在她面前我好像犯了錯似的，昨天我撞見她流淚，打攪她的悲傷心情，因此她應該會不自主地對我觀感不佳，就像看待一個令人不快的目擊者，或一個不請自來涉入她祕密的人。但是，感謝上帝，事情不太麻煩就解決了：因為人家根本沒注意到我。她好像完全顧不上我，也顧不上排練：她漫不經心，表情憂傷，悶悶地若有所思；顯然，有個大大的煩惱令她難受。我完成自己的演出後，跑去換裝，十分鐘後便走到花園那邊的露台上。幾乎同一時間，M女士也從另外一個門出來，而且剛好在我們對面出現了她那位自負的丈夫，他從花園回來，才剛剛護送一批女士過來，在那裡把她們親手交給某位無所事事的殷勤的男伴①。這對夫婦顯然是意外相遇。M女士不知道為什麼突然尷尬起來，在她那不耐煩的動作中流露出一股淡淡的氣惱。丈夫原本無憂無慮地用口哨吹著一曲詠嘆調，一路上深思地

---

①原文用法文「cavalier servant」。——俄文版編注

梳理自己的落腮鬍，這時候遇見了妻子，卻皺起了眉頭，打量著她，據我記憶所及，他當時是用一種嚴厲拷問的目光。

「您要到花園？」他注意到妻子手裡的陽傘和書本後問。

「不是，要去樹林。」她微微臉紅著回答。

「單獨去嗎？」

「是跟他……」M女士指著我說。「我清晨通常是一個人散步。」她語氣不順含糊地補充說，像是那種人生中第一次撒謊的樣子。

「嗯……我是剛剛才送了一大群人去那邊。那裡的所有人都聚在一座花草裝飾的涼亭裡，歡送N先生。他要走了，您知道吧……他出了點麻煩事，在敖德薩那邊……您的表妹（他說的是金髮女孩），又是笑，幾乎又是哭的，兩樣一起來，搞不懂她。她告訴我，您為了某件事在生N先生的氣，因此不去送他。一定是胡扯吧？」

「她是在說笑。」M女士從露台階梯走下來回答。

「那麼這位是每天陪您的殷勤的男伴嗎？」M先生補充，嘴巴一撇，並用長柄眼鏡指著我。

「是少年侍從！」我大喊，很氣他的長柄眼鏡和嘲笑，就當他的面哈哈大笑起來，然後一下子跳過三個階梯下了露台……

「一路平安！」M先生嘟囔念著，便走自己的路。

不用說，M女士才剛給丈夫指著我，我就立刻走到她身邊，並且一副看起來好像她整整一個小時之前就邀我來了，又好像我已經整整一個月每天早上都陪在她身邊散步。但是我怎麼都搞不懂：為什麼她這麼尷尬又難為情，還有她決定要撒個小謊的時候腦袋裡在想什麼？為什麼她就是不說她是獨自去的？現在我不知道要怎麼看待她；但是震驚的我還是非常天真地開始慢慢朝她的臉看去；然而，就像一個小時之前在排練時那樣，對於我的偷看和我無聲的疑問她一點都沒注意到。在她臉上、在她的擔憂和走路的姿態中，流露的仍是同樣的痛苦煩惱，只是比之前更明顯了些，更深刻了些。她好像趕著去哪裡，步伐越來越快，並且不安地看一看每條林蔭小徑和林間道，不時回顧花園那邊。我也同樣期待著什麼。忽然間在我們身後傳來了馬蹄聲。這是一群為了替突然要離開我們的N先生送行的男男女女騎手。

我的那位金髮女子也在這群女士之中，M先生剛提過她，說她流了眼淚。不過，她現在一如往常像個小孩子哈哈大笑，坐在漂亮的棗紅馬上快步奔馳。N先生跟上來經過我們時，脫了帽致意，但沒有停下來，也沒跟M女士說任何話。這一群人很快消失在眼前。我看了一眼M女士，差點沒驚訝得大叫一聲：她蒼白得像條白手帕似的呆站著，大顆的眼淚奪眶而出。我們的目光無意間交會：M女士忽然臉紅了起來，立即轉過身去，她臉上明顯露出不安和煩惱。我是多餘的，情況比昨天還糟——這再清楚也不過了，但我能躲到哪裡去呢？

忽然間，M女士好像猜到我的想法，她打開手中的書本，並且羞紅著臉，很明顯盡量不看我，似乎現在才想起來說：

「唉呀，這是第二集，我搞錯了；請幫我拿第一集來。」

怎麼會不明白！我的角色結束了，也總不能太直接趕我走。

我帶著她的書本跑開，也不回來了。這個早上那本第一集的書非常平靜地擱在桌上……

但是我心神不寧；我的心怦怦跳，似乎不斷處於驚慌之中。我費盡全力努力設法不要遇見M女士。但同時我又有一股強烈的好奇心去看那位自負的人物M先生，好像他身上現在必定會有某種特別的東西。我一點都不明白當時我那可笑的好奇心要的是什麼；我只記得，這個早晨碰巧見到的一切，讓我感到似乎有點異常驚訝。然而，我這一天才剛開始，對我來說這天發生太多事情了。

這天的午餐大家吃得非常早。大家約了要一起去隔壁村子遊玩，去參加那邊的鄉村節慶晚會，因此需要時間準備。這趟出遊我已經想了三天，期待將會歡樂無窮。這時候幾乎所有人都聚在露台上喝咖啡。我混在人群後面擠過去，藏身在三排座位的後面。好奇心驅使著我，同時我無論如何都不想要出現在M女士眼前。但碰巧我就置身在離我那位壓迫者金髮女子不遠的地方。這次她身上發生了奇蹟，發生了不可能的事情：她變得加倍地漂亮。真不知道這是怎麼又為什麼變成這樣的，但是女人身上發生這種奇蹟甚至還並不少見。這時候在我們之間有一位新客人，高大、臉色蒼白的年輕人，是我們金髮女子的頭號愛慕者，剛從莫斯科來到我們這裡，好像是刻意要讓自己隨後替換離開的N先生，關於N先生，有傳聞說他肆無忌憚地愛上了我們的這位金髮美女。那關於這位新訪客還有什麼呢，就是他很早就跟她有那種，正如莎士比亞的《無事生非》中的班尼迪克特之於貝阿特麗姬的關係。簡單說，我們的美女在這一天真是大受歡迎。她的笑話和閒聊是這麼嫵媚，天真得這麼容易讓人相信，口誤得這麼情有可原；她一副嫵媚的過度自信，在所有人的欣喜中她深信自己的確一直受到某種特別的愛慕。那些驚訝的聽眾、欣賞她的聽眾組成的緊密小圈子，一直圍繞在她左右沒有散去，她還從來沒有這麼迷人過。她的每一句話都誘人且新奇，不被放過，來來回回被轉述，她沒有一個笑話、沒有一個瘋狂行為是白費的。似乎也沒有人預期到她會這麼風趣、亮麗又聰明。她所有最好的特質常被深埋在最任性的妄為裡，以及近乎小丑行徑般最拗的胡鬧中；這些特質少有人會注意到；即使注意到了，也不會就這麼相信，因此，現在她受到非比尋常的歡迎讓所有人驚訝得熱烈交頭接耳。

不過，她受歡迎是受益於一個特別且相當微妙的情況，至少從同一時間M女士的丈夫所扮演的那個角色來看是如此。這個頑皮的女孩下定決心——也需要補充：幾乎是為了娛樂大家，或至少是迎合所有年輕人的樂趣——便激烈地攻擊他，這是基於許多可能對她來說非常重要的理由。她對他進行了一連串的攻擊，用盡俏皮話、嘲笑、挖苦，這些從各方面看來都是最難以抵抗且滑溜、最陰險、高度針對性又流暢的手法，它們直接打擊到目標，卻使對手沒有任何辦法來應對回擊，只會讓受害者徒勞的努力給耗盡，把受害者搞到發瘋、陷入最可笑的絕境中。

我不是很確切知道，但這整個瘋狂行為似乎是預謀的，而非偶發的。早在中飯的時候，這場拚命的對決就開始了。我說「拚命的」，是因為M先生沒有很快認輸。他必須保持全然冷靜、說話機敏，並發揮自己出色的急智反應，才不致徹底被擊潰，不致蒙受明顯的羞辱。事情是在所有目擊者和參與爭端者持續止不住的笑聲中進行。今天的情況，至少對他來說，已經不像昨天那樣。看得出來，M女士好幾次努力要阻止自己的魯莽朋友，輪到那人說話的時候，他非得要把嫉妒的丈夫穿上最像丑角、最可笑的衣裝，而且想必是穿上「藍鬍子」①的衣裝，以各種可能的情況來看，以我記憶所及，還有以我本人不得不在這場口角中所參與的角色來看，都是如此。

這發生得很突然，也非常可笑，完全出乎意料，而且很不湊巧，這一刻我剛好站在顯眼的地方，沒料到會有災禍，甚至忘了不久前我防範的事情。突然間我被推上了最前

①指法國作家佩羅（Charles Perrault, 1628-1703）的童話《藍鬍子》的主角，是個殺害幾任妻子的可怕丈夫。

線，好像我成了M先生痛恨至極的敵人和理所當然對手，好像我無法自拔地愛上了他的妻子，我那位女暴君當下發誓，說她保證拿得出證據，比如，就說今天吧，她在森林裡看見了……

但她還沒來得及說完，我就在對我來說最絕望的一刻打斷她的話。這一刻是那麼無恥地被算計過，那麼背信地備妥了最終結果，備妥了一個丑角鬧劇的結局，並且設計得那麼可笑無比——爆發一陣怎麼都止不住的哄堂大笑，好像是對這個最低劣的瘋狂行為放禮炮。儘管當時我想像得到，最難過的角色不是落在我身上——可是我還是困窘、憤怒又驚慌到淚流滿面、鬱悶又絕望，羞愧得要死，我穿過兩排座位，闖到前面，用一種因為流淚和憤怒而斷斷續續的話聲，對我的女暴君大喊：

「您也不知羞愧……這麼公然地……當著所有女士的面……講這種糟糕的……假話？！……您就像小孩子似的……當著所有男人的面……他們會說什麼？……您——是這麼一個成年的……有夫之婦！……」

但是我沒說完，就傳來一陣震耳欲聾的掌聲。我的瘋狂行為造成了真正的轟動①。我的天真姿態，我的眼淚，最主要是，我好像是出面為M先生辯護——這一切造成了如此可怕的嘲笑，甚至到現在一回想起來，連我自己都覺得可笑極了……我驚慌失措，幾乎嚇得失去理智，而且臉紅得像火藥爆發似的，我雙手遮面，匆忙跑掉，在門口把進來僕人手上的托盤給打掉，飛奔上樓回自己的房間。我把鑰匙從門上拔掉，由內朝外塞進去，從裡面反鎖。我做得很好，因為我身後有人追過來。沒幾分鐘，我的門口就圍著一大群人，是我們所有女士中最漂亮的幾位。我聽見他們的響亮笑聲、頻繁又大聲的說話；他們全部一起嘰嘰喳喳，像燕子似的。他們全部一個個要求、懇求我開門，哪怕一分鐘也好；他們發誓，不會對我有絲毫惡意，他們只想要好好地親親我。但是……還有什麼比這個新的威脅更可怕的？門後的我只是羞得滿臉通紅，把臉藏在枕頭裡，我不開門，甚至也不回應。他們還敲了好久的門，懇求我，但我無動於衷，充耳不聞，就像個十一歲的孩子該有的樣子。

好了，現在該怎麼辦？一切都公開了，一切都揭露了，一切我那麼熱心保護隱藏的

---

①原文用義大利文「furore」。——俄文版編注

事……永遠的羞愧和恥辱落到我身上！……老實說，我自己也說不清，我這麼害怕的是什麼，我想要隱瞞的又是什麼；然而我還是害怕某件事，我因為這**某件事**的曝光，到現在仍像葉子似的顫抖不已。只有一點我到這一刻還不明白，這到底是什麼：這事應不應當？光榮還是恥辱？值不值得稱讚？而如今身陷痛苦和不甘願的鬱悶中，我才明白這事既**可笑又可恥**！同時我本能地覺得，這樣的判決既虛假，又不人道，還粗暴；但是我被擊敗了，被毀滅了；我的意識好像停止作用，變得混亂；我怎樣都無法抗拒這個判決，甚至連好好討論它都沒辦法：我迷惘，只覺得我的心受到殘忍又無恥的侮辱，我淌滿了軟弱的淚水。我被激怒了；我心裡沸騰著氣憤怨恨，是我至今從來沒有過的，因為這輩子才頭一次遭遇到嚴重的不幸、侮辱、委屈；這一切真的就是這樣，沒有任何誇大。在我這個孩童的心裡，有一種初次出現、未曾體驗過、尚未成形的感覺，被粗暴地觸動了，有一種初次出現、芬芳、純真的羞恥心，那麼早就被揭露、被侮辱了，還有一種初次出現、也可能是非常認真看待的美感，被嘲笑了。當然，我的嘲笑者們並不太清楚，也沒在我的痛苦中預感到什麼。這裡不很完整地出現了一種我自己沒能夠，而且不知怎麼至今都害怕去搞清楚的心情。我繼續煩惱又絕望地躺在自己的床上，把臉埋在枕頭裡；我不由得反覆地發熱又發抖。有兩個問題弄得我難受：今天那個惡劣的金髮女人到底看到了我和M女士在樹林裡做什麼？又能見到什麼？還有第二個問題：我現在該怎麼辦，該用什麼樣的目光，用什麼樣的方式，才能夠面對M女士，而不致於當場立刻羞愧絕望而死？

後來院子裡有一陣不尋常的喧鬧把昏昏沉沉的我給喚醒。我起身走向窗邊。整個院子塞滿了輕便馬車、騎乘的馬匹和忙進忙出的僕人。似乎大家就要走了；幾位騎手已經坐上了馬；其他的賓客分乘各輛馬車……我這時才想起即將舉行的郊遊，我的心漸漸不安起來；我專心地在院子裡查尋我的那匹德國馬；但是我的馬不在——可見，他們把我給忘了。我忍不住匆忙跑下去，管他會有什麼不愉快的會面或前不久的恥辱……

我面臨的卻是一個可怕的消息。這次沒有我的騎乘馬匹，馬車上也沒有座位：全都分配完了，坐滿了，我不得不讓給別人去。

受到這再一次不幸的打擊，我在屋前台階上站住，悲哀地望著長長的各式各樣馬車的隊伍，上面連一點小角落都沒留給我，還望著盛裝的女騎手，她們迫不及待的坐騎輕快地躍著步伐。

有一位騎手不知道怎麼耽擱了。大家等他一到就出發。他的馬站在大門口，嚼著馬銜，馬蹄刨著土，不時因驚嚇而打顫並騰起馬蹄。兩位馬夫小心地抓著轡頭控制牠，大家因而提心吊膽地站在離牠相當遠的地方。

確實，出現了這個非常令人遺憾的情況，我因此無法出遊。除了剛到的幾位新客人，分別占去了所有位子和馬匹，還有兩匹馬病了，其中一匹就是我的馬。但不只我一個人碰上這個情況而受害：說得明白點，我們的一位新客人，就是我說過的那位臉色蒼白的年輕人，他也沒有坐騎可用。為了避免不愉快，我們的主人勉強出了一個極端法子：建議把自己那匹暴躁又未馴化的種馬拿來騎，他怕良心不安還補充說，那馬是千萬不能騎的，因為牠性子野老早就決定要賣掉了，不過還是得找得到買家才行。但是這位被警告的客人宣稱，他會騎得很好的，而且不管怎樣都準備好要騎，管他什麼馬，只要出得去就行。主人那時默不作聲，但現在我覺得，他嘴邊似乎閃過一抹意在言外又狡猾的微笑。等待著自誇好技術的騎手時，主人人仍未騎上自己的馬，只是不耐煩地搓著雙手，時時往門那邊瞧。甚至有某種類似的氣氛感染到了兩位馬夫身上，勒著馬的他們，幾乎驕傲得要死，因為自己在眾人面前伴著這種時常白白害死人的馬出場。在他們眼裡還反射出一種像是他們老爺那種的狡猾冷笑，由於期待而瞪大了的眼睛，也朝門那邊瞧，那位外地來的勇士該要從門後現身了。還有，連馬本身的舉止都好像也跟主人和帶路的馬夫說好了：牠的動作驕傲自大，彷彿感覺到有數十隻好奇的眼睛在盯著牠，也彷彿牠在眾人面前以自己的壞名聲為傲，簡直就像個不知悔改還以自己的娛樂把戲為傲的浪蕩子。似乎，牠在挑戰這個決意要侵犯牠自主權的勇士。

這位勇士終於現身了。他覺得讓大家等候很過意不去，匆忙拉緊手套，只管向前走去，下了屋前的台階，只有當他伸手去抓那隻等太久的馬的鬐甲時才抬高了目光，但這時馬騰起前腳就要狂奔，受驚嚇的眾人大叫警告，他突然間不知所措。年輕的客人向後退，困惑地看著狂野的馬，牠全身抖得像樹葉似的，憤怒得打著響鼻，充血的眼睛發狂地轉著，一刻不停地彎下後腿，同時微舉前腳，彷彿準備要衝上天空，還要把兩位馬夫一起帶走。約莫一分鐘，年輕客人站著完全不知所措；之後，由於這一場小混亂，他有點臉紅了起來，抬起目光環顧四周，朝嚇壞了的女士們看了一看。

「這馬好極了！」他似乎自言自語，「看樣子，騎上牠應該非常愉快，但是……但是，您知道嗎？我呢，還是不去了。」他最後說，同時給我們的主人一個開朗又老實的微笑，這笑容跟他那和善聰明的臉蛋多麼搭調。

「我仍然認為您是個優秀的騎手，我向您發誓，」這匹難以親近的馬的主人得意地回答，熱烈甚至感謝地握著客人的手，「正因為您一開始就明白，您是在跟什麼樣的野獸打交道，」他很有尊嚴地補充說。「您信不信我，在驃騎軍服役了二十三年的我，就有三次拜牠所賜有幸躺在地上，確切地說，有多少次騎上這隻……好吃懶做的畜牲，就有多少次摔下來。坦克列德①，我的朋友，這裡的人跟你合不來；顯然，你的騎士不知道是什麼樣的伊里亞．穆羅梅茨②，現在還在卡拉查羅沃村裡坐著不動，好等到你老掉牙吧。好了，把牠帶走吧！把人嚇得也夠了吧！只不過白白牽了牠出來。」他最後總結，自負地搓搓手。

必須要說，坦克列德沒有給他帶來絲毫利益，只是白吃糧食；此外，這位老驃騎兵把自己昔日軍馬採辦高手的一切榮耀都毀在牠身上，為了這隻沒用的畜牲付出了超乎尋常的代價，牽牠出來只是看在牠漂亮的份上……現在他還沉浸在欣喜之中，因為他的坦克列德沒有失掉自己的尊嚴，又把一位騎手給趕下去，因此還為自己博得了新的蠢名聲。

「怎麼，您不去嗎？」金髮女子大喊，她非要讓她的殷勤男伴這次來陪她。「難道您膽怯了嗎？」

「確實如此！」年輕人回答。

「您說真的嗎？」

「聽我說，難道您是想要我摔斷脖子嗎？」

「那您趕快上我的馬吧：別怕，牠溫馴得很。我們不會阻擋的：立刻換馬！我來試試騎您的馬；坦克列德不可能總是這麼粗魯。」

說到做到！這個調皮的女孩才從馬鞍上跳起來，就已經站在我們面前講完最後一句話。

①這個馬的綽號可能出自伏爾泰的同名悲劇，或羅西尼據此寫成的歌劇；也可能出自塔索（T. Tasso, 1544-1595）的敘事詩《被解放的耶路撒冷》中的騎士之名。——俄文版編注

②俄國古代的著名勇士；下面的卡拉查羅沃村傳說是穆羅梅茨的老家所在。

「要是您以為坦克列德會讓您那沒用的鞍座套在牠身上，那您可就不了解牠了！而且我也不會放您去摔斷脖子；那就真的太遺憾了。」我們的主人說，他心裡得意的這一刻，向來習慣把自己言談中本來就做作和拿手的粗俗話甚至粗魯話講得更是做作，這在他看來，是讓大家認識他這個好心人、這個老兵，尤其應該受到女士們喜歡。這是他古怪的幻想之一，就我們所知是他最偏愛的說話伎倆。

「喂，愛哭鬼，你不想試試看嗎？你那麼想去。」大膽的女騎手看到我便說，並且嘲弄地用頭指了一下坦克列德——她只是為了不要從馬上下來卻白跑一趟，誰叫我自己疏忽，正巧被她看見，她不會不留點刻薄話給我的。

「你想必不是像那種……嗯，有什麼好說的呢，就是那種有名的英雄，你羞於表現膽怯；尤其是當人家看著您的時候，美麗的少年侍從。」她瞥了M女士一眼補充說，M女士的馬車是離屋前台階最近的一輛。

當漂亮的女騎手走近我們並想要去騎坦克列德的時候，我滿腔恨意和復仇欲望……但我無法描述，我面臨這種搗蛋鬼的突發挑釁下的感受。當我察覺她在看M女士的時候，我似乎頭昏眼花了。這一瞬間我腦袋裡激起了一個念頭……對，這其實只有一瞬間，比一瞬間還短，像火藥爆發似的，不然就是超過了容忍的極限，此時心情重新振作起來讓我突然感到憤慨，所以呢，我突然想要馬上打死我所有的敵人，為了一切當眾向他們復仇，現在讓他們看看我是個什麼樣的人物；或者還有，在這一瞬間，某個人用某種奇特的方式教會了我至今連皮毛都不懂的中世紀歷史，因此在我發暈的腦袋裡，閃過騎士比武、英勇騎士、英雄、美麗女士、榮譽和勝利者，聽見報信的喇叭聲、長劍的叮噹響、群眾的叫喊喧嘩，然後在所有這些呼喊中，有一聲來自受驚的心的怯弱呼喊，它比勝利和榮譽還更美妙地滿足自尊心——我真不知道，那時候我的腦袋裡是否有過這些胡說八道，或者更確切地說，有預感到即將出現的這些不可避免的胡說八道，但我只聽見該我上場的時刻到了。我的心往上一蹦，顫抖了一下，我自己真不記得我是怎麼一個縱身就從台階跳下去，現身在坦克列德旁邊。

「那您以為我害怕了嗎？」我大膽又驕傲地喊一聲，由於激動而頭昏眼花，緊張得喘不過氣，臉紅得淚水都燙著了我的臉頰。「您這就看吧！」——在大家還來不及做任何動作阻止我之前，我就手抓坦克列德的鬐甲，腳踏上馬鐙；但這一瞬間坦克列德騰起前蹄，昂起頭來，猛力一跳從發愣的馬夫手中掙脫出去，然後如旋風似的飛奔出去，所有人只能哎聲驚叫。

上帝才知道，我是怎麼在快馬飛馳中把另外一隻腳跨過馬背的；我不了解的還有，我怎麼會沒丟掉韁繩。坦克列德把我帶到柵欄大門外，急轉向右，沒認清楚路就胡亂從圍籬邊跑去。就在這一瞬間我清楚聽到身後約有五十個聲音在呼喊，而這個呼喊在我那停止跳動的心中回響著那種得意與驕傲的感受，讓我永遠不會忘記我童年生活的這一個瘋狂時刻。血液直衝我的腦袋，把我嚇昏了，也淹沒、壓抑了我的恐懼。到了一種忘我的地步。的確，現在一想起來，這整件事好像真的有點騎士精神的味道。

不過，我全部的騎士精神從開始到結束還沒一轉眼就過了，不然的話騎士可就糟糕了。而且那時候我不知道自己是怎麼得救的。騎馬呢，我是會的：人家教過我。但是我的那匹德國馬，與其說是騎乘馬，不如說更像綿羊。毫無疑問，只要坦克列德有時間把我給拋下，我應該會從牠身上摔落；但是跑過五十步之後，牠突然被路邊的一顆大石頭嚇到，就往後一閃。牠一個急轉彎，但來得那麼急，正如常言道——冒冒失失的，這下給了我一道難題：我要怎樣才不會像顆小皮球從馬鞍上蹦出來，飛出三俄丈①外，要怎樣才不會摔得粉身碎骨，而坦克列德並沒有在這個急轉彎中弄傷自己的腳。牠回頭奔向大門，暴怒地搖著頭，東跳西跳，瘋狂得像酒醉似的，抬腿對空亂踢，每一次跳躍都想要把我從馬背上搖晃掉，簡直就像有隻老虎跳到牠身上，並用尖牙利爪抓住了牠的肉。再下一瞬間——我應該就會飛出去；我就要落馬了；但是已經有幾位騎手飛奔過來救我。其中兩位把通往田野的路給攔住；另外兩位策馬跑來，靠得近到幾乎壓著了我的腳，並且用他們的馬從坦克列德兩側包圍擠進，接著兩人就抓住了牠的韁繩。幾秒鐘後，我們回到了台階前。

我被帶下馬來，臉色蒼白，幾乎沒了氣息。我全身發抖，像風中的一根草，坦克列德也一樣，牠站著，全身往後靠，動也不動，彷彿馬蹄都鑽入了土裡，從噴氣的紅色鼻孔中沉重地呼出熾熱的氣息，全身像葉子似的微微發顫，彷彿因為一個小孩不受責罰的放肆行為使牠受辱、憤恨而愣住了。我的周圍響起了一陣驚慌又害怕的叫喊聲。

這一刻，我迷惘的目光對上了M女士的眼神，看到焦急又蒼白的她——這一瞬間讓

①俄國舊時長度單位，一俄丈大約二・一三公尺。

我無法忘懷——我立刻滿臉通紅，泛起了紅暈，燒紅得像火似的；我真不知道該怎麼辦，但是，因自身感受而困窘又驚慌的我，卻羞澀地低下眼睛看著地上。不過我的目光被注意到了，被察覺到了，被偷瞄到了。所有人的眼睛轉向M女士，而她被眾人的目光出其不意地碰上，她自己突然間像個孩子似的，因為某種不由自主卻又單純的情感而臉紅了起來，並且費力地，儘管相當不成功，她還是設法用笑來強掩自己的臉紅……

這一切如果從旁來看，當然非常可笑；但在這一瞬間，一個非常天真又出乎意料的放肆行為，把我從眾人的嘲笑中拯救出來，為這整個事件添上了一抹特殊的色彩。一切混亂的罪人，是我那位到現在不肯和解的敵人，也是我美麗的女暴君，突然衝過來抱我親我。她看著我，無法相信自己的眼睛，剛才的我竟敢接受她的挑戰，撿起了她瞄一眼M女士之後丟給我的手套①。當我騎在坦克列德背上飛奔時，她差點沒為我擔心受怕、良心譴責得要死；就是現在，當一切都結束，特別是當她跟其他人一起察覺到我投向M女士的目光、我的困窘、我突然的臉紅，還有當她成功以她膚淺腦袋中的浪漫傾向，給這一瞬間賦予了某種新穎的、隱藏在心而無須多言的想法——現在，在這一切過後，她因為我的「騎士精神」感到如此欣喜，因而衝過來將我緊緊擁在懷裡，她深受感動，為我驕傲，心情愉快。一分鐘過後，她對聚集在我們倆身邊的所有人抬起了她那最天真、最端莊的小臉蛋，臉上顫顫閃耀著兩顆小小的晶瑩淚珠，並用一種從來沒聽她用過的嚴正語氣，指著我說：「這可是非常嚴肅的，先生們，別笑了！」②——她沒發現站在她面前的所有人，都像是著了迷似的，欣賞著她那份歡喜愉快。她這一切意外而明快的舉動，這張嚴肅的小臉蛋，這股單純的天真，在她總是嘲笑人的眼裡滿是這些至今意想不到的真誠眼淚，落在她身上卻成了這麼出人意料的怪事，以致於站在她面前的所有人，都好像被她的眼神、伶俐又熱烈的言詞和姿態，給弄得興高采烈。似乎沒有人可以挪開眼睛不看她，擔心錯過她熱情洋溢的臉上的這個罕見的一刻。甚至連我們主人自己都臉紅得像鬱金香似的，大家很確定，似乎是聽到他後來承認說「他真慚愧」，他在那一瞬之間幾乎要愛上這位美麗的客人。嘿，毫無疑問，在這之後我就成了騎士、英雄。

---

①當時流行於歐洲的決鬥潛規則，丟手套給對方表示提出挑戰，撿手套則是接受挑戰。

②原文用法文「Mais c'est très sérieux, messieurs, ne riez pas!」。——俄文版編注

「德勞日！托根堡！①」周圍傳來呼喊。

響起了一片掌聲。

「哎呀，這才是未來的一代！」主人補充說。

「但是他要去，他一定要跟我們去！」美女大喊。「我們會找到，也應該要找到位子給他。他坐在我旁邊，坐在我的腿上……也不行，不行！我錯了！……」她哈哈大笑起來，想起我們最初相識的情況就忍不住要笑，然後改口。但是哈哈笑的同時，她也溫柔地撫著我的手，盡可能地撫慰我，以免讓我感到屈辱。

「一定！一定！」好幾聲附和著。「他應該去，他幫自己贏得了一個位子。」

轉眼間事情就定了。一位最年長的老處女，就是當初把我介紹給金髮女子的那位，立刻就被所有的年輕人接連要求留在家裡，把位子讓給我，她懊惱無比卻不得不同意，她嘴上微笑，心裡卻恨得暗自抱怨。她常伴左右的保護者，就是我過去的敵人和剛剛交上的美女朋友，正要乘快馬奔馳而去時對她大喊，並像小孩子似的哈哈大笑說：真羨慕她，自己也寧可樂得跟她待在家裡，因為馬上就要下雨了，我們全都會淋溼。

而她準確地預測到會下雨。一小時之後下起了一陣大暴雨，於是我們的遊玩就泡湯了。得要在鄉村農舍一連等上好幾個鐘頭，已經過了九點才在雨後溼答答的時候回家。我感到有點不舒服，開始忽冷忽熱。就在該要坐上車出發的那一刻，M女士過來找我，很驚訝我才套一件短外衣，脖子露空。我答說來不及拿斗篷出來。她拿了別針，把我襯衫的打摺衣領拉高別起來，從自己脖子上取下一條鮮紅色的薄紗領巾，圍在我的脖子上，讓我的喉嚨別著涼。她做得那麼匆忙，我甚至還沒來得及感謝她。

但是回到家之後，我在小客廳找到她，她跟金髮女子和一位臉色蒼白的年輕人在一起，就是今天因為害怕騎上坦克列德而博得好騎手名聲的那位。我過去感謝她，交還領巾。但現在，歷經冒險後，我好像覺得有點不好意思；我更想要回到樓上，然後在那邊，找時間把一些事情好好想一想、考慮一下。我的情緒澎湃。交出領巾時，我又像往常那樣面紅耳赤。

①分別是德國作家席勒的敘事詩《手套》（Der Handschuh）和《騎士托根堡》（Ritter Toggenburg）中的主角，都是無畏而忠誠的騎士。——俄文版編注

「我打賭，他想把領巾占為己有，」年輕男子笑著說，「從他的眼睛明顯看得出，他捨不得跟您的領巾分開。」

「正是，正是這樣！」金髮女子附和。「好一個傢伙！啊！……」她明顯懊惱地搖搖頭說著，但是在M女士嚴厲的目光下她便及時住口，M女士不想讓玩笑開得太過分。

我趕緊走開。

「好了，你也真是的！」搗蛋鬼在另一個房間追上來，友善地抓住我的雙手說。「如果你這麼想要擁有這領巾，那你應該就不要還。你就說不知道放哪裡去了，不就結了。你真是的！連這都不會！好一個可笑的人！」

這時候她用指頭輕輕彈我的下巴，笑我臉紅得像罌粟花似的：

「我現在可是你的朋友了——是這樣吧？我們的敵對關係結束了是吧？是不是嘛？」

我笑起來，默默地握住她的手指。

「好了，就是這樣！……你現在為什麼這麼蒼白還發抖？你發冷嗎？」

「對，我不舒服。」

「啊，小可憐！這是因為情緒太激動了！知道該要怎樣嗎？最好去睡覺，不要等吃晚飯了，過一個晚上就好了。我們走吧。」

她帶我上樓後，似乎照顧我的動作還沒結束。她留下我換衣服，自己跑下樓去，幫我弄好茶，親自端來給我，那時候我已經躺下來了。她還幫我拿了暖被來。這一切的照顧和為我操心，令我非常震驚又感動，也或者我是因為這一整天的事、出遊和忽冷忽熱，心情才會這麼激動；但是，跟她道別時，我熱情地緊緊擁抱她，像是對最要好、最親近的朋友一樣，而就是這時候全部的情緒一下子湧到我那脆弱的心頭；我緊緊靠在她胸前，差點沒哭出來。她發現到我的情緒激動，我這位調皮的女孩自己也似乎有點感動了……

「你是個很好的孩子，」她用平和的眼神望著我喃喃說著，「還請不要生我的氣，好嗎？你不會吧？」

總之，我們彼此成了最要好、最忠實的朋友。

我醒來的時候天色還相當早，但是燦爛陽光已經灑滿了整個房間。我從床上跳起來，身體完全康復又精神奕奕，就好像昨天沒生過病，現在我倒是覺得有一股說不出的快活。我想起昨天的事情，感覺到要是我在這一刻可以像昨天那樣與我的新朋友，就是跟我們的金髮美女相互擁抱的話，那我願交出所有的幸福；但是時間還很早，大家都在睡覺。我匆匆穿了衣服，往花園走，從那邊再往樹林去。我鑽進了綠意更濃、樹脂味更厚的地方，映在那邊的陽光更是令人愉快，光線隨處穿透濃霧般的茂密林葉而顯得一片歡騰。這是個美好的早晨。

不知不覺中我走得越來越遠，我最後從樹林的另一邊走出來，快到莫斯科河了。它在前方大約兩百步的山腳下潺潺流著。河的對岸有人在割乾草。我看得出了神，看那割草人每一次的揮刀，整排的利刃多麼整齊地揮灑著亮光，隨即忽然又消失，像火蛇似的，彷彿藏到哪裡去了；看那一團團濃密油亮的青草，從根部被切斷飛落一旁，堆在又直又長的壟溝中。真不記得我花了多少時間在靜靜觀察，忽然間我清醒過來，在離我大概二十步遠的林間道，就是從通往老爺家的大路橫穿過來的那條，我清楚聽到馬的嘶叫，以及不耐煩的馬踏聲用腳蹄掘著土。我不知道，是騎手過來停馬的那一刻我才聽到這匹馬呢，還是嘈雜聲早就傳到我耳邊，只不過白白從我耳邊搔過，沒能喚醒沉浸在想像中的我。我好奇地走進樹林，走沒幾步路就聽到說得很快卻低沉的話聲。我走得更近一點，小心地撥開圍著林間道最邊的樹叢枝葉，我立刻驚訝地向後跳了一步：我眼前閃過一件熟悉的白色連衣裙，而心中響起一個女性的輕聲細語，好似音樂一般。這是M女士。她站在騎手旁，馬上的那人匆忙跟她講話，教我驚訝的是，我認出馬上的人是N先生，是那位早在昨天清晨就離開我們的年輕人，為了替他送行M先生還那麼費心奔走。但那時候聽人家說，他要離開到某個很遠的地方，到俄羅斯南方，因此看到他這麼早又出現在我們這裡，而且獨自跟M女士在一起，教我非常驚訝。

她既興奮又激動，我還從未見過她這樣，她的臉頰上還閃著淚水。年輕男子從馬鞍俯身，握著她的手親吻。我正巧碰上的是已經要分手的時刻。他們似乎行色匆匆。最後他從口袋掏出一個封緘的信封，交給M女士，他單手擁抱她，跟之前一樣沒有下馬，然後熱烈地親吻了好久。一轉眼過去，他拍一下馬，像枝箭似的從我身旁奔馳而過。M女士目送他好幾秒鐘，然後若有所思又沮喪地往回家的路走去。但是沿著林間道走沒幾步，她突然好像清醒了過來，趕忙撥開樹叢，穿過樹林走去。

我跟在她後面走，對於剛才眼前所見又驚又慌。我的心好像因為驚嚇而劇烈跳動。我好像麻木呆住了，又似茫然不知所措；我的心思零落紛亂；但卻記得，我不知道為什麼感到悲哀極了。在我面前的綠樹林隙，爾偶閃現她的白色連衣裙。我無意識地跟在她後面，不讓她離開我的視線，但又戰戰兢兢，避免她發現我。她終於走出去，到了通往花園的小路上。我等了大約半分鐘，也走了出去；但真是教我驚訝，在小路的紅色砂地上我忽然發現了那封信，我一眼就看出來——就是十分鐘前M女士收到的同樣那封信。

我把它撿起來：兩面都空白，沒有寫任何字；信封看起來並不大，但塞得滿滿又沉甸甸的，裡面像是放了三張以上的信紙。

這封信表示什麼？毫無疑問，所有的祕密可以藉此搞清楚。或許，其中可證實N先生在這匆匆會面短時間之內不想說出口的事。他甚至沒有下馬……他是否急著離開，或可能擔心自己在道別那一刻改變心意——上帝才知道……

我停下腳步，沒走到小路上，而是把信封朝她走的那邊最顯眼的地方丟去，眼睛仍盯著信封，設想M女士發現弄丟了東西，會折回來找。但是等了四分鐘我就忍不住，我又把那封撿來的東西拿起來，放進口袋，上前去追M女士。追上她的時候已經到了花園裡，在大林蔭道上；她直接往回家的方向走，步伐又快又急，但想著心事，眼睛低垂看著地下。我不知道該怎麼辦。要走過去交還給她嗎？這表示說，我知道一切，看見一切。

我可能頭一句話就言不由衷了。那我以後會怎麼看待她？她又會怎麼看待我？……我一直期待她會冷靜下來，發現東西丟了去找一找，走原路回來。到時候沒被察覺到的我，就可以把信封丟到路上，她就可以找回它。但是沒有！我們就快到家了；她已經被大家看到了。

這天早上，好像有意刁難似的，大家幾乎都很早起來，還是因為昨天那趟不成功的出遊的關係，便有意來一趟新的行程，這是我所不知道的。大家準備出發，在露台上用早餐。我等了十分鐘，為了不讓人看到我跟M女士在一起，因此我繞過花園走，從另外一邊走出去再回家，就會落在她後面相當遠。她在露台上走來走去，臉色蒼白，神情焦慮，雙手交疊在胸前，從種種跡象看來，她明顯在克制自己，並強壓著自己痛苦又絕望的哀愁，這在她的眼神、步態和一舉一動中都可以看得出來。她偶爾從階梯走下來，在往花園方向的花壇之間走了幾步；她的目光不耐煩、貪婪，甚至不再顧慮地，在小路的砂地上和露台的地板上搜尋著什麼東西。毫無疑問：她發現東西丟了要去找，她似乎認為信封在這附近搞丟，在家附近——對，是這樣，她相信這點！

好像有人，隨即還有其他人，發現她臉色蒼白，神情焦慮。紛紛傳來關心健康的問候和令人遺憾的嘆息；她應該要開開玩笑敷衍過去，要笑一笑，要顯得一副開心的樣子。偶爾她看一看站在露台另一端的丈夫，他在跟兩位女士聊天，而一模一樣的顫抖和慌張籠罩著這個可憐的女人，情況就像丈夫剛到這裡第一晚那時候一樣。我把手插進口袋，將信封緊緊握在手中，我站在離大家稍遠的地方，祈求命運讓M女士看見我。我想要鼓勵她、安慰她，哪怕只是用眼神也好；想悄悄跟她說一下話。但是當她偶然朝我看一眼的時候，我卻打了一顫，目光低垂。

我看見了她的痛苦，而且我沒弄錯。我到現在還不清楚這個祕密，除了我親眼所見和我現在所說的事情之外，我什麼也不清楚。他們那種關係，或許不是像一眼看見就能認定的那樣。或許，那個吻是離別之吻，或許，那個吻是對她為了保有平靜和名節而犧牲的最後一次微薄的獎賞。N先生離開了；他留下了她，或許永永遠遠。還有，就連我手中拿的這封信——誰知道它裡面寫了什麼？該如何評判？誰又能批評？而同時間，這毫無疑問，突然揭發祕密可能會造成她一生的悲劇，使她大受打擊。我還記得她那一刻的臉龐：不能再繼續痛苦下去了。去感覺，去認知，去相信，去等待，都像是給她的各種極刑，結果在一刻鐘之後，或一分鐘之後，都可能會全被揭露出來；要是信封被某人發現，撿了起來；封面沒有寫字，人家可以拆開來，到時候就……到時候就怎樣？還有什麼樣的刑罰比等著她的這種更可怕？她是徘徊在自己未來的審判者之間。一分鐘之後，他們微笑諂媚的臉將會變得嚴酷無情。她將在這些臉上看到嘲笑、憤恨和冷漠的輕蔑，然後她的生命將面臨一個恆久無明的夜晚……是的，那時候我並不像現在對此事的思考去了解所有情況。我只能猜測、預想和操心她是否有危險，是什麼危險我也搞不太清楚。但是，不論她的祕密是什麼——那些被我親眼目睹且令我永遠難忘的悲痛時刻，都是許多事情的救贖，只要是有什麼需要救贖的話。

但這時候傳來準備出發的歡欣呼喚；所有人高興地亂成一團；處處傳來歡快的談笑聲。兩分鐘之後，露台就空了。M女士推辭不去，最後她坦承是身體不舒服。不過，感謝上帝，大家出發了，匆匆走了，所以就沒功夫用抱怨、探聽、勸告來煩人了。有少數人留在家裡。丈夫跟她說了幾句話；她回答，今天就會好一點了，要他別擔心，她沒有要躺下休息，會去花園走走，她一個人……還有我……這時候她朝我看一眼。沒有什麼能比這個更令人感到幸福了！我高興得臉紅了起來；一分鐘後我們就在往花園的途中了。

她沿著同樣的林蔭道、小路、小徑走去，沿著前不久從樹林返回的那些路，她本能地回想自己曾走過的路徑，專注看著自己的前方，視線不離地面搜尋著，沒有理我，或許，她忘了我跟她走在一起。

但是當我們快走到那個我撿到信封的地方，小路到了盡頭，M女士突然停了下來，用虛弱、憂愁得哽咽的聲音說，她覺得更難受了，她要回家。但是走到花園圍籬的時候，她又停下來，想了大概一分鐘；她嘴上露出一個絕望的微笑，隨後，這個虛弱又疲憊的女人，下定決心，完全妥協了，她便默默折回先前那條路，這次甚至忘記要先跟我說一聲……

我憂愁得心碎難受，不知道該怎麼辦。

我們繼續走，或者更確切地說，是我帶她到一個鐘頭前我聽到馬蹄聲和他們交談的那個地方。在那裡，靠近茂密的榆樹旁，有一張用整塊巨石雕成的長凳，周圍纏繞著常春藤，地上長著野茉莉和薔薇。（這整片小樹林散落著一座座小橋、亭子、岩洞等令人驚奇的玩意。）M女士坐在長凳上，對我們面前展開的美妙風景無意識地看了一眼。一分鐘後她攤開書本，盯著書動也不動，既沒翻頁也沒閱讀，幾乎不明白自己在幹什麼。

那時候已經九點半。太陽高高升起，在我們上方碧藍深邃的天空中閃耀地浮動，彷彿在自身的火熱之中熔化。割草人已經走遠：他們的身影從我們這岸望去幾乎快看不見。在他們身後令人倦地蔓延著無盡的壟溝，上面鋪著割掉的草，有時候顫顫微風給我們捎來一絲絲割草後的芬芳氣息。四周響起鳥兒綿綿不息的演奏會，牠們「既不收割也不播種」①，卻是像被牠們躍動的翅膀所劈開的氣流一樣任性自在。似乎在這一瞬間，每一朵花，每一根沒用的草，都綻放著捨己的芬芳，並對自己的造物主說：「天父啊！我美滿又幸福！……」

我看一眼這可憐的女人，她一個人在這整個歡樂生活之中像個死人似的：因劇烈心痛而耗蝕出的兩顆大淚珠，掛在她睫毛上動也不動。我有能力讓這顆可憐又停息的心活躍起來、幸福起來，只是我不知道，該如何靠近，如何踏出第一步。我痛苦難受。有上

---

①語出《聖經》〈馬太福音〉第六章第二十六節：「看那天上的飛鳥，也不種，也不收……」（引自聯合聖經公會之新標點和合本）。——俄文版編注與譯注

百次我竭力要走近她，每一次都有種攔不住的感覺把我困在原地，每一次我的臉都像是火在燒似的。

突然間有一個清楚的想法讓我醒悟了過來。辦法找到了；我有望了。

「要不要我去幫您摘一束花！」我用這麼高興的語氣說，M女士因而突然抬起頭來，專注地看著我。

「去摘來吧。」她終於語音微弱地說，稍微笑了一下，又立刻低下目光看書。

「不然，等人家來這裡割草，恐怕就沒有花了！」我大喊，快樂地出征去。

我很快採了一大束花，看起來很簡陋。要是拿它進房間還真讓人沒面子；但是當我摘好綁著這束花的時候，我的心卻跳得多麼快活！薔薇和野茉莉是我在原地就摘到的。我知道不遠處有一片成熟的黑麥田。我跑去那裡找矢車菊。把它們跟我選出最金黃飽滿的長長的黑麥穗混在一起。就在那裡不遠處，我偶然發現了一整叢的勿忘我花，我這束花就開始豐富了起來。接著，在田野上找到藍色的風鈴草和野石竹，而黃色的水蓮花我則是跑到河岸邊找。最後返回原地時，我繞進樹林一下，為了要弄到一些鮮綠色的掌形楓葉來纏上花束，我在那裡意外發現了一整簇的三色堇，我很幸運的是，在那附近，還有一股三色堇的香氣把藏在鮮嫩茂密草叢中的那朵花給暴露了出來，它整株仍布滿著晶瑩的露珠。花束準備好了。我用細長的草捻成繩子將花束重新綑好，然後小心地把信封插進去，用花朵遮住——但這樣，哪怕只是稍稍留意一下，也很可能會發現信封。

我把花束拿去給M女士。

路上我覺得信封放得太顯眼了：我就遮了更多一些。走得靠更近時，我把它往花朵裡推得更緊密些，最後就快到目的地時，我突然把信封塞進更深處，從外面就什麼都看不出來了。一團火熱的激情讓我滿臉發紅。我好想用手掩住臉，立刻跑掉，但是她看一眼我的花束，就好像完全忘了我是去採花的。她無意識地，幾乎沒看就伸手來拿我的禮物，但隨即把它放在長凳上，好像我給她花束就只是為了這樣而已，然後她又再低頭看書，好像有點心神恍惚。我因為沒辦成事，還打算要哭了。「但只要我的花束在她身邊就好，」我心想，「只要她沒忘記花束就好！」我到不遠的草地上躺下，頭枕在右手上，閉上眼睛，像是忍不住想睡的樣子。但是我的目光沒離開她，一直等待著……

過了十分鐘；我覺得她臉色越來越蒼白……忽然間，有個大好機會幫了我的忙。是一隻金色的大蜜蜂，一陣美妙的和風將牠吹來，帶給我好運。起先牠在我頭上嗡嗡作響，後來往M女士面前飛去。她用手揮開一兩次，但蜜蜂好像故意似的，更令人討厭地停在那裡不走。最後M女士抓起我的花束，在面前揮了一下。這一瞬間，信封從花束中掉了出來，恰好落在攤開的書本上。我顫抖了一下。M女士有好一陣子驚訝得說不出話，一下看看信封，一下看看手裡拿的花束，然後她似乎不相信自己的眼睛……突然間她臉紅了，迅速泛起紅暈，並且看了我一眼。但我已經察覺到她過來的目光，緊閉雙眼，假裝睡著了；無論如何我現在都不想直視她的臉。我的心就要停了，怦怦跳著，好像一隻小鳥落入了鄉下捲髮小男孩的手掌中那般情景。我不記得閉上眼睛躺了多久：大概兩三分鐘。最後我鼓起勇氣睜開眼睛。M女士貪婪地讀著信，然而，從她通紅的雙頰，從淚光閃爍的眼神，從開朗的表情中，上面的每個輪廓線條都因快樂感受而震顫著，我便猜到在這信中有她要的幸福，而她所有的哀愁都如煙似的消散一空了。一股令人痛苦的甜蜜感鑽進了我的心，裝模作樣讓我感到沉痛……

我永遠忘不了這一刻！

突然間，離我們還很遠的地方傳來話聲：

「M女士！娜塔莉！娜塔莉！」

M女士沒回答，但很快從長凳站起來，走到我面前俯身向我。我感覺到她直盯著我的臉。我的睫毛顫動了起來，但我強忍住不睜開眼。我努力呼吸得更沉著更平靜些，但是心裡慌張的撞擊讓我快要窒息。她火熱的氣息灼燒著我的臉頰；她越來越俯身靠近我的臉，彷彿要檢視它。最後，親吻和淚水落在我的手上，落在我放在胸前的那隻手上。她還吻了兩次我的手。

「娜塔莉！娜塔莉！妳在哪裡？」再度傳來話聲，已經離我們很近了。

「馬上來！」M女士說，她的嗓音渾厚嘹亮，卻因流淚而失聲顫抖著，因此音量小到只有我一個人聽見，「馬上來！」

但這一瞬間我的心終究背叛了我，似乎讓我滿臉血脈賁張。在這同一瞬間，一個迅速火熱的吻燒燙著我的雙唇。我無力地驚呼一聲，睜開眼睛，但眼前立刻落下了昨天她那條薄紗領巾——她似乎想用這領巾幫我遮陽。轉瞬間，她已經不見了。我只聽到匆忙離開的腳步沙沙作響。留下我單獨一人。

我掀開眼前的領巾，親吻著它，歡喜莫名得渾然忘我；有好幾分鐘我像是瘋了似的！……稍稍喘口氣，我手肘支在草地上，不自覺呆呆望著眼前四周被田地點綴得花花綠綠的丘陵，望著蜿蜒環繞丘陵而遠去的河水，就目光所及，水流彎曲繞行在一座座新的丘陵和村落之間，它們忽明忽暗，有如天光沐浴下遠方的暗點，還望著那些幾不可見、彷彿在火紅天邊冒著煙的暗藍森林，因而似乎有一種甜美的、彷彿被眼前景色中壯麗的寧靜給引來的安詳，漸漸地撫平了我騷動的心靈。我感到輕鬆了些，我喘息得更自在了些……但是我整顆心不知怎麼又悶又甜地疲憊不堪，彷彿因為覺悟到了什麼，又彷彿因為有什麼預感。好像有個什麼東西，被我那顆期待得微微顫抖的驚慌的心，既羞又喜地猜到了……因此，突然間我的胸膛搖搖晃晃，隱隱作痛起來，似乎被某個東西給穿透，然後，淚水，甜蜜的淚水從我的眼中噴了出來。我雙手掩面，全身抖得像枝草，不由自主地沉浸在這心靈的初體驗和新領會，沉浸在我本性中第一次、仍曖昧不明的覺悟……我最好的童年時光在這一瞬間結束了……

……………………………………

兩個小時後，我回到家中，那時候已經找不到M女士：她因為某個突發的事件跟丈夫去莫斯科了。我從此就再也沒見過她。

一個可笑的人的夢 ①

幻想短篇小說

①原作發表於《作家日記》一八七七年四月號。杜斯妥也夫斯基對普希金的〈黑桃皇后〉、果戈里的《彼得堡故事》、奧多耶夫斯基的《俄羅斯之夜》，以及愛倫·坡和霍夫曼的作品中的幻想特質有高度評價，這篇小說不僅在體裁形式上，更在本質上徹底發揮幻想。——俄文版編注

1

我是個可笑的人。他們現在叫我瘋子。這可是在頭銜上晉升了，要是我至今對他們來說表現得不像以前那麼可笑的話。但現在我可沒生氣，現在他們都對我親切，連他們笑我的時候也一樣——那時候不知道為什麼他們甚至顯得特別親切。我真想跟他們一起笑——不是要笑自己，而是去愛他們，要是我看他們的時候不覺得這麼悲哀的話。悲哀是因為他們不知道真理，而我知道。唉，一個人知道真理是多麼沉重呀！但他們不會了解這點。不，不會了解。

而從前我非常憂慮，因為我看起來很可笑。不是看起來，而是我就是。我從前總是顯得可笑，或許，我從一出生就知道這點。或許，我是在七歲的時候才知道我可笑。然後我去上小學中學，然後上大學，怎麼著——我學得越多，就越是了解我很可笑。因此對我來說，我在大學所有的學習彷彿只是為了一個結果，要向我證明並說明，我學得越是深入，就越是知道我很可笑。生活上也跟求學很相似。同樣一個認知在我心裡一年年滋長並堅信，就是在各方面我的模樣都很可笑。大家都嘲笑我，而且總是如此。但是他們沒人知道，也猜不到，如果地球上有一個人比所有人更清楚我很可笑的話，那這個人就是我自己，這點他們沒搞清楚，讓我覺得最難堪正是這個，但這是我自己的錯：我總是這麼驕傲，無論如何也從來不肯向任何人承認這點。這種驕傲在我心裡一年年滋長，假如發生這樣的事——無論在誰面前我都讓自己承認我很可笑，那麼我覺得，我會立刻就在當晚用左輪槍打爛我的腦袋。啊，我在少年時期多麼痛苦——那時我忍受不住，突然間就會隨隨便便向同學承認我很可笑。但是從我青少年那個時候開始，我就一年比一年更清楚地認識到我的可怕性格，但卻不知道為什麼我變得更平靜了些。正是不知道為什麼，因為我到現在還不能確定為什麼。或許，因為在我心裡滋長著可怕的憂慮，擔心一種已經遠遠超乎我想像的情況：這正是——有一個我偶然發現的信念，就是世界上到處**都無所謂**。我很早就預感到這點，但是到最近一年不知怎麼才突然完全相信。我突然感覺到，無論世界存不存在，或假使任何地方什麼都沒有，我也**都無所謂**。我費盡全身之力，感知察覺到**我身上什麼東西都沒有**。剛開始我總覺得，從前還是有很多東西吧，但隨後我領悟到，從前也是什麼東西都沒有，只是不知道為什麼覺得好像有罷了。漸漸地我確信，以後也永遠不會有什麼了。那時候我就突然不再對人們生氣，而且幾乎不去注意他們。真的，這甚至表現在最細微的瑣事上：比如說，我有時候走在街上會不小心撞到人。並不是因為要想事情：我有什麼好想的，那時候我完全停止思考了：是因為我都無所謂。要是我解決了問題也就罷了；啊，我連一個都沒解決，那有多少個問題呢？但是我覺得**都無所謂**，因此所有的問題就不見了。

看，就在這之後，我認識了真理。我是在去年十一月認識真理的，確切地說是十一月三日，從那個時候開始我就記得我的每一個瞬間。那是在一個陰森的，極盡可能最陰森的一個夜晚。那時我晚上十點多回家，我就是記得，當時的我還想，真是不可能有更陰森的時候了。甚至在物理現象上也不可能。雨下了一整天，而且是最冷最陰森的雨，甚至還像是帶點威脅的雨，這我記得，那雨帶有明顯的敵意朝人們落下，而此時突然間，十點多雨停了，開始有一股可怕的溼氣，比下雨的時候還更溼更冷，然後所有東西都冒出了好像是水氣什麼的，從街上的每一個石塊冒出來，要是從街上望一望每條小巷最深處，或更遠一些的地方，也都冒著水氣。我突然想像，假如各處的煤氣燈熄滅了，那麼會讓人更愉快，有煤氣燈的話，心裡就覺得憂愁許多，因為燈照亮這一切。我在這一天幾乎沒吃飯，晚上剛開始的時候我待在一位工程師那裡，他那裡當時還有兩個朋友。我一直沉默，似乎是我讓他們覺得煩了。他們說了些挑釁的話，甚至突然間激動了起來。但是他們都無所謂，這點我看得出來，他們最多也不過就是這麼激動。我突然對他們明白說出這點：「先生們，我說啊，你們還不是都無所謂。」他們並不見怪，反而還嘲笑我一番。這是因為我說的時候並沒有絲毫責備，也只是因為我都無所謂。他們也看得出來我無所謂，也就高興了起來。

當我在街上想著煤氣燈的時候，就朝天空望了一眼。天空暗得可怕，但可以明顯地看出片片斷斷的雲朵，而在它們之間有一些暗不見底的斑點。突然間我在其中一個暗點之中發現了一顆小星星，我就專注地盯著它。之所以這樣，是因為這顆小星星給了我一個想法：我打算在這個夜晚殺死自己。這事在兩個月之前我就有了堅定的打算，無論我多麼窮，我還是去買了一把漂亮的左輪槍，當天就裝填好子彈。但是已經過了兩個月，手槍還放在抽屜裡；但我卻無所謂到這種地步：想等到哪天不這麼無所謂的時候，終究會找出時間的——這樣是為什麼？我不知道。於是就這樣，在這兩個月，我每天夜裡回到家就想要開槍自殺。我一直在等待時機。現在此刻這顆小星星給了我想法，因此我確定，這**一定**就是在今晚。而為什麼小星星要給我想法——我不知道。

就在我望著天空的時候，突然間被一個小女孩抓住手肘。街道已經空蕩蕩，幾乎沒有什麼人。遠處有一位車夫在馬車上睡覺。小女孩大約八歲，頭戴小方巾，身穿連衣裙，全身溼透了，但是我特別記得她那雙溼溼的破皮鞋，到現在還記得。那雙鞋特別閃現在我眼前。她突然拉著我的手肘並呼喊。她沒有哭，但不知怎麼斷斷續續喊著一些話，她沒辦法好好說出來，因為她整個人打著冷顫微微發抖。她不知道為了什麼擔心害怕，並絕望地喊：「媽媽！媽媽！」我本來要轉過臉看她，但一句話也沒說就繼續向前走，但她追來拉著我，在她的叫喊中有一種聲音，那是驚恐異常的孩子身上特有的絕望。我認得這種聲音。雖然她連話都沒說完，但我了解，她的媽媽在某個地方就要死了，或是她們那邊發生了什麼意外，所以她跑出來叫人，並找點什麼可以幫助媽媽的東西。但我沒有跟她過去，我反而突然冒出了想趕她走的念頭。我起先跟她說，要她去找警察。但她突然放下雙手，哽咽得喘不過氣，然後又在旁邊跟著跑，不離開我。就在那時候我對她跺一跺腳，大吼了一聲。她只喊出：「老爺，老爺！……」——但她突然間就丟下我，急忙穿越街道而去：那邊看來也有一個路人，因此她大概是離開我向他衝過去。

我爬樓梯上到我住處的第五層樓。我在房東家分租房間住，這裡有好幾間房。我的房間簡陋狹小，窗戶是閣樓用的半圓形樣式。我有一張漆布沙發、堆了一些書的桌子、兩張椅子和一張舊得不能再舊的安樂椅，但這可是一張伏爾泰椅。我坐下，點燃蠟燭，開始想事情。在隔壁房間裡，牆的那邊繼續吵吵鬧鬧。從前天開始就一直這樣。那邊住了一位退伍大尉①，可他還有一些客人——大概有六個浪蕩子，他們喝伏特加，用舊式紙牌來賭史托斯②。昨天晚上發生過打鬥，我知道其中有兩個人揪住彼此的頭髮很久。女房東一直想要檢舉，但是她怕大尉怕得要死。我們這裡其他的房客還有一位身材瘦小的女士，是某位團級軍官的妻子，外地人，帶著三個已經患病臥在房裡的小孩。她和小孩都怕大尉怕得要暈倒，常常整晚都在發抖，在胸前劃十字，最小的孩子還曾因為害怕而發了不知道什麼病。這個大尉，我大概知道一點，他有時候會在涅瓦大道上攔住路人討錢。沒有一個地方請他上班，但是有件怪事（我本來就是要說這件事），一整個月來，自從大尉住在我們這裡之後，沒有引起我任何不快。起先我當然避免去跟他結識，初次見面後連他自己也覺得跟我在一起很無聊，但是無論他們在牆那頭怎麼叫，無論他們那邊有多少人——我總是無所謂。我整晚坐著，真的，我聽不見他們說話——我忘掉他們到這種地步。要知道我每天夜裡一直到天亮都沒睡，這樣大概已經有一年了。我在桌前的扶手椅坐上一整夜，什麼事也沒做。書我只在白天讀。我坐著，甚至也沒思考，就只是這樣，冒出一些想法的話，我就放它們自由去吧。蠟燭點一整夜。我靜靜坐在桌前，拿出左輪槍，放在自己面前。當我把槍放好，我記得那時候我問自己：「要這樣嗎？」然後我十分肯定地回答自己：「要這樣。」也就是說我要開槍自殺。我知道，就在這晚我大概要開槍自殺，但在開槍前我還要在桌前坐多久——這我就不知道了。要不是那個小女孩的話，我就一定會開槍自殺了。

---

①官階介於上尉和少校之間。

②舊式紙牌可能在點數、張數上與標準的遊戲紙牌不同；史托斯（源自德文「stoss」），最早風行於法國的賭博牌戲，十八、十九世紀間在俄國貴族階層之間非常流行，有一些不同的稱呼如：法老王、銀行等。

2

您看看：就算我都無所謂，但是，比如說，對疼痛我還是有感覺的。誰來打一打我的話，我還是會感覺到痛。在道德層面上也正是如此：要是發生什麼非常可憐的事，那麼我會感到憐惜，就如同在我生命中還不是什麼都無所謂的那個時候一樣。我不久前也感到憐惜：我一定要幫助那個孩子才對。是為了什麼我沒幫那小女孩？那時候卻冒出一個想法：當她拉我喊我，就在那時候我突然面臨一個問題，而這問題我沒辦法解決。問題很無聊，但我生氣了。我生氣是因為這個結論——既然我已經決定要在這晚了結自己，那麼，因此我對世上的一切，都應該是現在當下要比其他任何時候都更無所謂。卻又為什麼我突然覺得，我不是什麼都無所謂而可憐起了那個小女孩？我記得我非常可憐她；可憐到甚至有某種奇怪的痛，甚至以我當時的處境來看是完全不可思議的痛。真的，當時那一瞬間的感受我沒辦法更明確地表達，但是那感受一直持續到家中，就在我坐在桌前的時候，我氣憤極了，這是好久都沒有過的。推論一個接一個在腦海中閃過。漸漸明朗了，如果我是人，還不是一個無意義的人，目前也還沒變成無意義的人，只要我還活著，因此我就能為我自己的行為感到痛苦、生氣和羞愧。好吧。但要是我殺死自己，比如說在兩個小時之後，那麼我對小女孩，或者到時候任何一件事，又何須羞愧？世上的一切又與我何干？①我會變成一個無意義的人，變成一個絕對的零。意識到我現在將**完全**不復存在，因此也沒有什麼將會存在——難道這種意識不會對同情小女孩和羞愧做了下流事產生絲毫影響嗎？要知道我之所以對那個不幸的孩子跺腳，放聲大喊，是因為當時我想說：「這不只是我沒同情心，而就算要做出沒人性的下流事，那我現在也能做，因為兩個小時之後一切都將消逝」。相不相信我因為這樣才大喊？這點我現在幾乎確信不疑。漸漸明朗了，生命和世界現在彷彿操之在我。甚至可以這麼說，現在世

---

①杜斯妥也夫斯基的小說《群魔》中的斯塔夫羅金有問過類似的問題。——俄文版編注

界彷彿是為我一個人而創造的：我開槍自殺，世界就不存在，至少對我來說是如此。更不用說，或許，在我身後的世界真的不為任何人存在，也什麼都沒有，而只要我的意識消逝，全世界就會像幽靈般立即消逝，好像只是我一個人意識的附屬品，即將變得空無，因為，或許全部這世界和全部這些人——就只是我自己一個人。還記得我當時坐著推論，所有這些彼此環環相扣、一個個新冒出的問題，甚至被我完全轉到另外的方向去，還妄想出全然新鮮的事。比如說，我突然間冒出一個奇怪的想法，假如我以前曾住在月球或火星上，而且在那裡做過一些最可恥、最不名譽的行為，就是那種只能自己私下想像的，而我在那裡因為這樣的行為，被辱罵、被玷汙名譽得如此嚴重，嚴重到恐怕只偶爾在夢中、惡夢中才感受得到、想像得到，假如之後現身在地球，我就會繼續保有這個意識——我在另一個星球做過壞事，而且我知道，就是千萬不要，永遠不要回去那裡，那麼，從地球望著月球時——我是不是**都無所謂**呢？我會不會為那樣的行為感到羞愧呢？① 問題都很空虛又多餘，因為左輪槍已經放在我面前，我也徹頭徹尾地了解，**這事**大概會成，但是那些問題激怒了我，因此我很氣憤。在沒事先解決一些問題之前，現在我彷彿就不能去死了。簡單說，這個小女孩拯救了我，因為我用這些問題拖延了開槍。正好大尉的房裡同時也靜了下來：他們打完了牌準備睡覺，只是還在低聲嘮叨，有一句沒一句地罵來罵去。就在這個時候我突然睡著了，以前從來沒發生過這樣的事情，睡在桌前的扶手椅上。我完全是在不知不覺中睡著。夢，眾所周知，是極為奇特的東西：一個東西在腦海中浮現出來，有著令人驚訝的清晰，還有著珠寶小飾品的工細，而對其他事物你似乎看也不看就跳過去，比如說，跳過空間與時間。指使夢的，似乎不是理性，而是欲望，不是頭腦，而是心靈，與此同時，在夢中我的理性有時會耍弄一些多麼機巧無比的花招啊！與此同時，在夢中我的理性還會發生一些完全不可思議的事情②。比如說，我的兄弟在五年前死了。我有時候會夢見他：他參與我的工作事務，我們都很感興趣，而同時我可是在整個作夢的期間，完全知道並記得我的兄弟已經死去，也埋葬了。

---

①《群魔》中的斯塔夫羅金也說過幾乎跟這一樣的「住過月球」的假說。——俄文版編注

②杜斯妥也夫斯基筆下的夢有相當的自傳性質，他常夢見過世的兄長；夢在他的小說《罪與罰》和《白痴》中有更直接深刻的描寫。——俄文版編注

即使他死了，卻還在我身邊這裡，跟我一起忙事情，這我怎麼能不驚訝？為什麼我的理智完全允許這一切發生？但是夠了。我要開始講我的夢了。對，就是我那時候作的這個夢，我十一月三日的夢！他們現在會因為這只是個夢而取笑我。但假如這個夢向我宣告了**真理**，是不是夢難道有差別嗎？因為一旦認識真理，看見真理，那麼你就知道那是真理，而其他的不是，也不可能是，無論在睡夢中或在現實生活中。好，就算是夢，就算是吧，但是您這麼吹捧的這個生命，我想用自殺來消滅，而我的夢，我的夢——啊，它向我宣告了一個新生的、偉大的、革新的、強健的生命！

聽一聽吧。

3

我說過我在不知不覺中睡著了，甚至彷彿還同時繼續談論著同樣那些事。突然我夢見我拿起左輪槍，坐著將槍口對準心臟——對準心臟，而不是腦袋；我以前可一定會向腦袋開槍的，而且正對右邊太陽穴。槍對準胸口後，我等上一兩秒，接著我的蠟燭、桌子和我對面的牆壁突然動了，並緩緩擺動了起來。我趕緊開槍。

在夢裡，您有時候會從高處墜落，或者被人砍殺，或者被毆打，但是您從來不會覺得痛，除非您不小心真的在床上撞傷了自己，這時您才覺得痛，而且幾乎總是痛醒過來。在我的夢中也是這樣：我沒感覺到痛，但在我開槍的同時，我全身一震，一切突然暗淡不明，我四周變得漆黑無比。我彷彿看不見也喊不出聲，我這時躺在某個硬的東西上，全身挺直仰面朝上，什麼也看不到，絲毫動彈不得。四周有人走動、喊叫，大尉發出低沉的說話聲，女房東在尖叫——然後突然又一陣停頓，這時候我已經被放在一個闔上的棺材裡給人抬走。我還感覺到棺材緩緩擺動著，我在思索這件事情，突然之間頭一次有個想法令我震驚——就是我死了，死透了，我了解這點，也沒懷疑，我看不見，又動不了，同時卻可以感覺和思考。但是這點我很快就不去在意，一如往常在夢中，我都是毫無抗爭地接受現實。

就這樣他們把我埋進土裡。所有人離開，剩下我一個，完全孤單一個。我動也不動。我以前在真實生活中想像過被埋在墳墓裡的情況，墳墓讓我聯想到的往往就只有溼冷的感受。這也是現在我感覺到的，我覺得非常冷，尤其是腳趾末端，但除此之外就什麼也感覺不到了。

我躺著，怪的是——我什麼也沒期待，毫無抗爭地接受死者是沒什麼可以期待的。但是很潮溼。我不知道經過了多少時間——一個小時或幾天，或者許多天。但這時突然間在我闔上的左眼皮上，落下了一滴從棺材蓋滲下來的水，接著一分鐘後再落下第二滴，之後又一分鐘落下第三滴，如此這般，如此這般，總是過一分鐘再滴。突然間在我內心爆發了深深的憤怒，我突然感覺到心裡有一股肉體的痛：「這是我的傷口，」我想，

「這是槍傷，那裡有子彈……」而水滴依舊滴落，每分鐘直直落在我闔上的眼睛。於是我突然吶喊，不是用聲音，因為我動不了，而是全心全意地，對致使我遭受這一切的主宰者說：

「無論你是誰，假如你真是主宰，假如有什麼比現在發生的事更合理的東西，那就讓它在這裡出現吧。假如你是因為我的不理性自殺，就用死後繼續存在的迷亂和荒謬來向我報復的話，那麼你要知道，無論我遭受什麼樣的痛苦，永遠不會有任何一個比得上我將來默默感受到的那種鄙視，哪怕這苦難要持續數百萬年！……」

我吶喊後便靜了下來。十足的沉默幾乎持續整整一分鐘，甚至還有一滴水落下，但我知道，我非常而且牢不可破地知道，也相信，現在一切必將改變。突然間我的墳墓迸裂。更確切地說，我不知道它是被打開還是被掘開的，但是我被某個黑暗的、我很陌生的物體給帶走，然後我們落到了一個空間中。我突然看清楚了：是個深沉的夜晚，而且從來沒有，從來都沒有過這麼黑暗！我們在空間中飛馳，已經遠離了地面。我什麼都沒問帶我走的那個物體，我在等待，並且感到自豪。我要自己相信我不害怕，還因為自己抱有不害怕的想法而欽佩得不知所措。我不記得我們飛行了多久時間，也無法想像：一切發生得就像在往常的夢中，你跳越過空間與時間，跳越過生活和常理的規則，然後你只在心中夢見的幾個位置上停留。我記得，突然間在黑暗中我看見一顆小星星。「這是天狼星嗎？」我突然忍不住問，因為我本來什麼也不想問。「不，這是你回家的時候在雲層之間看到的那同一顆星星。」帶走我的那個物體回答我。我知道他擁有一張類似人的臉。奇怪的是，我不喜歡這個物體，甚至深感厭惡。我原本預期一個徹底的空無不存在，因此才對自己的心臟開槍。而這時我卻在一個物體的手中，當然他不是人類，但是他**存在**，他存有——「啊，所以，死後的生命是存在的！」我懷著一種夢中怪異的輕率想著，但我的心的本質跟我留在最深處——「如果必須再一次**存在**，」我想，「而且要再一次按照某某人難以抗拒的意志活著，那我就不想讓我自己被打敗、被貶低！」「你知道我害怕你，因此你看不起我。」我突然對我的同行者說，沒忍住這個坦白卻有損自尊的問題，而且我在心中感受到一種好像被針刺到的侮辱。他沒回答我的問題，但我突然感覺到沒人看不起我，也沒人嘲笑我，甚至沒人同情我，還感覺到我們這條路的目標，既不清楚又神祕，而且只跟我一個人有關。恐懼在我心中滋長。從我沉默的同行者那邊，傳來一種無聲無息卻帶有痛苦的東西給我，彷彿滲透了我全身。我們飛行在黑暗的、無人知曉的數個空間中。我已經好久沒見到我熟悉的星座。我知道在天空中是有這樣的星星，光線從那邊到地球就要幾千幾百萬年。或許，我們已經飛越了這些空間。我處在一種可怕又虐心的憂愁中等待著什麼。突然間有一個熟悉的、非常誘人的感覺震撼了我：我突然看見了我們的太陽！我知道這不可能是**我們的**太陽，不可能是孕育**我們**地球的那個太陽，也知道我們離我們的太陽無限遙遠，但是我不知怎麼完完全全認出了，這根本就像是我們的那顆太陽，是它的複製品，是和它一模一樣的複本。我心中有一股甜蜜誘人的感覺歡騰了起來：因為有一股親切的力量，來自同樣孕育我的那片光明，在我的心中迴蕩，使我的心復活，我因而感受到生命，感受到從前的生命，這是我進墳墓後的頭一遭。

「但假如這是——太陽，假如這根本就是我們的那顆太陽，」我高呼，「那麼地球在哪裡？」然後我的同行者給我指著一顆在黑暗中閃爍綠寶石光輝的小星星。我們朝它直直飛去。

「難道在宇宙中可能有這樣的複製品嗎？難道有這樣的自然法則嗎？……假如那邊的是地球，那難道它也是像我們的那個地球……完全同樣不幸、可憐，但是親切、永遠受到喜愛，而且連自己最不知感恩的孩子們，也回報它同樣令人痛苦的愛，就像我們的那個地球一樣？……」我大叫，同時因為對我所拋棄的那個前故鄉地球的一份遏止不住的熱愛而顫抖著。那個被我欺負的可憐小女孩的模樣，在我面前一閃而過。

「你會看到一切。」我的同行者回答，他的話聽起來有點悲傷。

但我們快速靠向那顆行星。它在我眼前變大，我已經看得出海洋、歐洲的輪廓，突然間我心中冒出了一股怪異感覺，似乎帶點崇高而神聖的嫉妒感：「怎麼可能有這麼相似的複製品？又為了什麼？我愛，我只能愛那個我所拋下的地球，那裡留下了我噴濺的血液，就在我這個不知感恩的人對自己的心臟開一槍了結性命的時候。但是我從來沒有，從來沒有停止愛那個地球，甚至在那晚我跟它分開的時候，或許，我愛它比其他任何時候愛得更令人痛苦了。在這個新的地球上是否有痛苦呢？在我們的地球上真愛只能痛苦地去愛，也只有透過痛苦才能愛！否則我們就不會愛，也不知道有另外一種愛。為了愛我願意受苦。我想要，並渴望在這一刻熱淚盈眶地親吻的，只有那一個我被拋棄的地球，在其他任何星球上，我不想，也不接受生命！……」

但是我的同行者已經丟下了我。我突然完全好像不知不覺地，就停留在這另一個地球上，在這晴朗、美好似天堂的燦爛陽光中。我似乎站在群島中的一個島嶼上，這裡是我們地球上的希臘群島，或者鄰近這個群島的大陸沿海某處。啊，完全跟我們那裡一模一樣，但看起來處處明亮輝煌，似乎像在過節，也像在歡度一個崇高神聖且最終成功的慶典。溫柔碧綠的海靜靜拍打水岸，帶著一種明顯可見、幾乎有意識的愛意親吻它們。高大美麗的樹木聳立在自己的豐饒色彩之中，而林木間數不清的樹葉，我確信它們輕聲溫柔地歡迎我，彷彿在傾訴情話似的。綠油油的嫩草盛開著光鮮芬芳的花朵。鳥群在空中飛過，並不怕我，停在我的肩膀和手上，用那可愛又顫動的小翅膀快樂地拍打我。最後，我看到並認識了這片幸福土地上的人們。他們自己朝我走過來，把我圍起來，親吻我。太陽的子民，屬於自己的太陽的子民——啊，他們多麼美麗呀！我從來沒有在我們的地球上看到人身上有這樣的美。只有在我們的孩童身上，在他們幼年的最初歲月，才有可能找到這種遙遠的、雖也微弱的美麗反光。這些幸福人們的眼睛閃著亮光。他們的臉龐煥發著智慧，以及某種充裕自若的知覺，然而這些臉龐是歡樂的；在這些人的言語和聲音中表現出一種孩童般的快樂。啊，一看到他們臉龐時，我立刻就全明白了，全明白了！這是一個沒有被墮落玷汙的土地，在上面住的人們沒犯過罪孽，他們就是生活在這樣的天堂裡，照全人類的傳說所說，這也是我們犯了罪的祖先所生活過的地方，只有這一個差別，就是這裡的土地上到處都是一樣的天堂。這些人快樂地笑，擠向我，關愛我；他們把我帶到他們那邊，其中每個人都想安撫我。啊，他們什麼都不向我問清楚，但彷彿全都已經知道了，我是這麼覺得，他們還想盡快驅散我臉上的痛苦。

4

您看看，又來了：唉，就算這只是個夢吧！但這些無邪又美麗的人們的愛，帶給我的感受永遠留在我心裡，我也感覺到，他們的愛到現在還從那裡向我湧過來。我親眼見過他們，認識他們，並確信我愛他們，之後我為他們感到痛苦。啊，我立刻明白了，甚至當時就明白了，我在許多方面還完全不了解他們；我這個當代的俄羅斯進步分子和醜惡的彼得堡居民，覺得無法理解的地方是，比如說，他們沒有我們的科學，卻還知道得那麼多。但是我很快明白了，比起我們地球那邊，他們充實、吸收知識是靠另類的深入觀察，還有他們的志向也完全是另類的。他們不期望什麼，從容自若，他們對生活知識不強求的程度，就如同我們努力要去認清生活那般，因為他們的生活是充實的。但他們的知識比我們的科學還要更高深；因為我們的科學是在尋求解釋何謂生活，這種科學本身就是致力於認清生活，目的是教會其他人過生活；他們沒有科學也知道自己要怎麼過生活，這我也了解，但我不能了解他們的知識。他們指著一棵棵樹給我看，我不能了解他們看著那些樹充滿愛意到那種程度：彷彿他們在跟自己相近的生物說話。您可知道，如果我說他們在跟樹木說話，或許我也沒搞錯！對，他們發現了它們的語言，我確信，樹木也了解他們。他們也是這麼看待整個大自然——看待那些與他們和平共處、不攻擊他們，並且愛他們，也被他們的愛所馴服的動物。他們指著一顆顆星星給我看，跟我說一些關於星星的事情，我雖然無法了解，但我確信他們彷彿以某種方式跟天上的星星相互交流，不只在思想上，而是用某種實際的方法①。啊，這些人也不會強求我要了解他們，他們別無所求地愛我，不過同時我知道他們永遠不會了解我，因此我幾乎不跟他們談到我們的地球。我只在他們面前親吻他們居住的土地，不言不語地愛戴他們本人，他們明白這點，並讓自己被愛，並不因為我愛戴他們而覺得害臊，因為他們自己也付出許多愛。他們沒有為我感到痛苦，當我含著淚水親吻他們雙腳的時候，心中同時高興地知道，他們將用多麼強大的愛來回報我。有時我驚訝地自問：他們怎麼能夠一直不欺負像我這樣的人，而且一次也沒有在我這種人心裡激起嫉妒和羨慕的感受？我好幾次自問，我這個愛吹牛又愛說謊的人，如何能夠不把我的知識告訴他們，他們肯定對我那些知識一無所悉，又如何能夠不想用那些知識使他們驚訝，或哪怕只是出於愛他們才不這樣？他們像孩子似的活潑歡樂。他們在自己的美麗樹林和森林裡漫遊，唱著自己的好聽歌曲，他們吃簡單的食物、自己樹上的果實、自己森林的蜂蜜，以及受他們愛護的動物的乳汁。他們只稍微花一點力氣在自己的食物和衣服上。他們有愛情，並生育小孩，但我從來沒見過他們有過**激烈**淫欲的衝動，那在我們地球上卻是幾乎所有人，全體每一個人都經歷過的衝動，它幾乎可說是我們人類萬惡的唯一根源②。他們會把出世的孩子當成他們幸福生活的新參與者而高興。他們之間沒有爭吵，也沒有嫉妒，他們甚至不明白這是什麼意思。他們的孩子是大家的，因為所有人組成了一個大家庭。他們那裡幾乎

①杜斯妥也夫斯基的小說《卡拉馬助夫兄弟》中，佐西瑪長老對此有更深刻的論述。——俄文版編注

②杜斯妥也夫斯基從小說《被侮辱者與被凌辱者》開始了淫欲主題的書寫，並持續在後來作品中深入探討；此處可笑的人的論點很接近法國思想家盧梭《論人類不平等的起源與基礎》中的論述。——俄文版編注

完全沒有疾病，雖說還是有死亡；但是他們的老者死得很平靜，彷彿要入睡，被一群送行的人圍繞在身邊，老者祝福他們，對他們微笑，而領受臨別祝福的人也報以開朗的笑容。在這種場合裡我沒看過哀傷和流淚，而彷彿只有加倍的、近乎莫大喜樂的愛，但這種喜樂是平和、踏實又靜觀自得的。可以想像得到，他們甚至在亡者身後還可以彼此交流，他們之間在土地上的連結並沒有因死亡而中斷。當我向他們問到關於永恆的生命，他們幾乎不了解我，但顯然，他們直覺上相信這點，因此這對他們來說不是問題。他們沒有神殿，但他們跟全宇宙有一種緊迫、真實又不間斷的連繫；他們沒有信仰，但卻有一種肯定的認知——當他們在世上的歡樂滿溢到地球自然的極限，那時候對他們、對生者或亡者來說，就有機會跟全宇宙做更寬廣的交流。他們愉快地期待這一刻，但不慌忙，也不因此而難受，而彷彿在自己的心靈預感中已經擁有這一刻，他們彼此告知這樣的預感。每天晚上入睡之前，他們喜歡組隊諧聲合唱。他們在這些歌聲中傳達出過去的這一天給他們的所有感受，讚美這一天並與它告別。他們讚美自然、大地、海洋與森林。他們彼此之間喜歡編寫關於對方的歌曲，如孩童般誇獎對方；這些都是最簡單的歌曲，但是真情流露，感動人心。還不單單在這些歌曲中，而好像是他們花上一輩子只在欣賞彼此。這像是某種對彼此的愛戀，一種完整而普遍的愛。他們還有其他一些隆重而激昂的歌曲，我就幾乎完全不了解。雖然懂得歌詞，卻從來無法參透歌中的意涵。這種歌曲彷彿始終是我無從理解的，但同時我的心彷彿不知不覺中又對它有越來越深的感受。我經常跟他們說，這一切我在好久以前就已經預感到了，所有的歡樂和榮耀當我還在我們地球上時就向我顯現出一種誘人的憂愁，這有時讓人哀痛得難以忍受；我曾在我心靈的夢想中和頭腦的想像中，預感到他們所有人和他們的榮耀，在我們地球上的時候，我經常看到落日就不能不掉下眼淚①……在我對我們地球上的人的怨恨中，總是有一種苦惱：為什麼我不愛他們同時卻不能恨他們？為什麼我不能不原諒他們？而在我對他們的愛中也有一種苦惱：為什麼我不恨他們同時卻不能愛他們？他們聽著我說話，我感覺到他們無法想像我說的東西，但我不後悔跟他們說的：我知道，他們了解我強烈苦惱著那些被我放棄的人們。對，當他們用那種親切、滿懷關愛的眼神看著我，當我感覺到在他們面

①這句話是杜斯妥也夫斯基創作中經常出現的象徵，與希臘神話中黃金時代的意象有關。——俄文版編注

前我的心變得跟他們的心一樣無邪又真誠，那麼我對於自己不瞭解他們也就不覺得遺憾了。由於滿滿的生活感受讓我喘不過氣來，我默默對他們欽佩不已。

啊，現在所有人都當面嘲笑我，並要我相信在夢中不可能看到像我現在所轉達的這些細節，還有在我夢中我看到或感覺到的，只不過是我內心妄想而生出的感受，細節則是在醒來之後自己編造的。當我跟他們坦白說，或許，確實就是如此——天啊，他們當著我的面起鬨嘲笑我笑得多麼厲害，我讓他們感到多麼歡樂呀！是啊，當然，我只是臣服於那個夢的一種感受，在我受傷淌血的心裡唯獨這個感受安然無損：但同時間我的夢實際上的樣貌和形式，更確切地說，那些我確實在我作夢那一刻見到的，都滿是和諧，而且到那種迷人、美麗又真實的地步，以致於我醒來之後，當然無力在我們的虛弱言語中將它們表達出來，這樣的話它們應該就會在我腦袋裡消散，而因此，也確實有可能，是我自己無意識地被逼得去編造之後的細節，當然我就會曲解它們，尤其是我那麼熱烈期待要盡快把它們轉達出去，哪怕是隨便一點點都好。但同時我又怎麼能夠不相信這一切都曾經有過呢？或許，那些曾經有過的，比我所講的還更好、更光明、更歡樂一千倍呢？就算這是夢，但這一切要說不存在也不可能。您知不知道，我要跟您說一個祕密：

這一切或許根本不是夢！因為這裡所發生的事情，真實到如此可怕的地步，恐怕連作夢都夢不到這種事。就算是我的心生出了我的夢，但難道我的一顆心能夠生出這種讓我隨即親身經歷的可怕的真實嗎？我一個人怎麼能夠單憑著心就想像出或夢見這個真實？難道我這渺小的心，我這執拗又沒用的頭腦，能夠提升到發現真實的這種水準嗎？啊，您自己評斷一下：這個真實情況我至今一直隱瞞著，但現在我要說出來。事實上，是我……讓他們所有人墮落了！

5

對，對，結果是我讓他們所有人墮落了！這是怎麼能辦到的——我不知道，我不太記得。夢飛越了千年，在我心裡只留下一個整體的感受。我只知道，墮落的原因是我。就像是傳遍一個個國家的可惡的旋毛蟲、瘟疫的原子，我也像這樣讓自已傳染給這片幸福的、在我來之前純潔無邪的土地①。他們學會撒謊，喜愛謊言，並認識到謊言的美麗。啊，這或許一開始是**無惡意的**，出於玩笑，出於賣弄風情，出於談情說愛的遊戲，或許事實上只是出於一粒原子，但是這個謊言的原子滲透到他們心裡，並讓他們喜歡上了。之後很快就生出了淫欲，淫欲又導致嫉妒，嫉妒——再來是殘暴行為……啊，我不知道，也不記得，但很快，非常快就發生了第一次流血：他們又驚又怕，開始散落四處、分化。出現幾個聯盟組織，但彼此之間已經在對抗。開始有責怪、責備。他們認識到羞恥，又把羞恥提升為美德。出現了榮譽的概念，每個聯盟舉起各自的旗幟。他們開始虐待動物，因此動物遠離他們躲到森林中，並與他們為敵。開始為了分化、為了獨立、為了個人、為了分你我而爭鬥。他們開始說不同的語言。他們認識到哀痛，並愛上哀痛，他們渴求痛苦，還說只有透過痛苦才能得到**真理**。那時候他們有了科學。他們開始凶惡時，就會談起兄弟情誼、人道精神，並且明瞭這些理念。他們開始犯罪時，就會想到正義，並為自己訂出一整套規範，以便守護正義，而為了保障規範又設了斷頭台。他們就只稍微記得失去了什麼，曾經有過的純潔和幸福，卻連信都不想信。他們甚至取笑他們從前有過幸福的可能，還稱之為作夢。他們甚至不能想像幸福的形式和樣貌，但是奇怪又神奇的是：既然已經徹底不相信從前有過幸福，還稱之為童話故事，他們卻還想要重新、再一次成為純潔又幸福的人，這種想法強烈到讓他們拜倒在自己的心願之前，像孩子似的把這個願望敬若神明，並興建神殿，開始祈求自己的想法，祈求自己的「願望」，同時卻

①這裡有部分與《罪與罰》結尾中拉斯科利尼科夫的末世夢相似。——俄文版編注

完全相信這個願望無法實行也無從實現，但還是含淚愛戴、含淚崇拜。然而，假如可以就這麼發生，讓他們回到那個他們曾經失去的純潔幸福的狀態，假如誰突然重新展現那個狀態給他們看，並問他們：他們是否想要回到那個狀態？——那他們大概會拒絕。他們回答我：「就算我們愛說謊、凶惡、不公義吧，我們**知道**這點，也為此哭泣，為此折磨自己，虐待自己，懲罰起來甚至可能比那個仁慈的『法官』更加嚴厲，這位法官將會審判我們，我們卻不知道他的名字。但是我們有科學，我們透過它重新找到真理①，但要在有意識的情況下才接受它。知識勝於情感，認識生活——勝於生活本身。科學帶給我們高深智慧，高深智慧將揭示道理，而了解幸福之道——勝於幸福本身。」這就是他們說的，說過這些話之後每個人愛自己更勝於愛他人，而且不這樣他們還辦不到。每個人變得那麼強調一己的個性，以致於費盡努力只求貶低、減損他人的個體性，還認為自己的生活就該如此。出現了奴隸制度，甚至出現了自願的奴隸：弱者甘願屈服於最強者，這只是要強者能幫他們壓迫比他們更弱小的人。出現了正直的人含淚來找這些人，說他們驕傲、失了規矩與和諧，還說他們羞恥心淪喪。他們卻嘲笑，並且用石頭丟那些正直的人②。神聖的血流淌在神殿門檻上。不過也出現了另一種人，開始想像：大家要怎麼重新團結在一起，好讓每個人在不停止愛自己勝過愛他人的同時，也不妨礙任何其他人，就這樣大家彷彿在一個和諧的社會裡共同生活。一連串的戰爭便起於這樣的理念。所有的參戰者同時堅信，科學、高深智慧和自我保護的情感，最終會使人類團結在一個和諧理性的社會中，而因此目前為了加速事情進展，「高深智慧的人」努力盡快消滅所有的「智慧不高的人」和不了解他們理念的人，讓他們不會妨礙這個理念的勝利。但是自我保護的情感很快就變弱了，出現了驕傲的人和淫蕩的人，他們要不直接全拿，

---

①《卡拉馬助夫兄弟》第六卷第二篇中，佐西馬長老的神祕訪客有一段話與此相關：「人們永遠不能用任何科學或利誘的手段，無害地分好財產和權利。每個人總會嫌少，大家總會抱怨、嫉妒，且彼此毀滅。」

——俄文版編注與譯注

②引自聖經典故，也跟杜斯妥也夫斯基理解萊蒙托夫的詩〈先知〉有強烈關連，女作家波欽科夫斯卡雅（V. V. Timofeyeva-Pochinkovskaya, 1850-1931）曾轉述杜斯妥也夫斯基讀過這首詩的看法：「萊蒙托夫太多憤怒，他的先知是手拿鞭子和毒藥……」——俄文版編注

不然就是什麼也不要。為了獲得一切，就使壞，如果這不成的話——就搞自殺。出現了崇拜虛無的宗教，出現了在一無所有中追求永恆平靜而自我毀滅的宗教。最後這些人在無意義的努力中感到疲憊，他們的臉上出現了痛苦，然後這些人便宣稱，痛苦就是美，因為只有在痛苦中才有思想。他們在歌曲中歌頌痛苦。我悲痛地拗著手在他們之間徘徊，為他們哭泣，但還是愛他們，或許，比起從前他們臉上還沒有痛苦表情的時候，在他們還純潔又那麼美麗的時候，更愛了。我愛這個被他們玷汙了的土地，比起它還是天堂的時候更愛了，就只因為這土地上有了悲苦。唉，我一向喜歡悲傷和哀痛，但只是為了自己，為了自己，而我卻同情他們為他們哭泣。我向他們伸出雙臂，同時絕望地怪罪、咒罵並輕視自己。我告訴他們，這一切是我造成的，是我一個人，是我把墮落、壞風氣和謊言帶給了他們！我懇求他們，要他們把我釘在十字架上，我教他們怎麼製作十字架。我沒辦法，我無力殺死自己，但我想接受他們給的痛苦，我渴望痛苦，我渴望讓我的血在這些痛苦中流盡。但他們只是嘲笑我，到後來，把我當成是喜歡預言的瘋僧①。他們為我辯護，說他們所接受的，都是自願要的，還有現在所有的一切都必然會發生。最後，他們向我宣布，我對他們是危險的，因此，如果我不閉嘴的話，他們就要把我關進瘋人院。那時候我的內心湧起一陣哀痛，那痛的力道讓我的心緊得難受，然後我覺得我要死了，而這時候……嘿，就在這時候我醒了過來。

已經早上了，確切地說是還沒天亮，大約五點鐘。我醒來位在同樣的扶手椅上，蠟燭整枝都燒盡了，大尉房裡的人都還在睡，周遭有一股在我們公寓裡罕見的寧靜。我頭一件事就是驚訝無比地跳起身子；我從來沒發生過類似的事，沒發生過類似的細微瑣事：比如說，我還從未在扶手椅上這麼睡著過。這時候，突然之間，我還站著，腦袋慢慢清醒過來——我面前忽然閃過我的左輪槍，備好上了膛的——但我一瞬間將它推開！啊，現在要的是生命啊，生活啊。我舉起雙手，向永恆真理呼喊；不是呼喊，而是哭泣；

---

①俄文用「юродивый」，在俄羅斯東正教中，指外表瘋癲、有預言天賦的苦行僧。

是狂喜，難以估量的狂喜使我整個人激昂了起來。對，生活，還要——傳道！啊，就在這一刻我決定要傳道，而且，當然啦，一輩子都要！我要傳道，我想傳道——傳什麼道呢？真理嘛，因為我看見了它，親眼見到了，我見到它的一切榮耀！

就從那時候起，我開始傳道！除此之外——我愛那些嘲笑我的人，更勝其他人。為什麼會這樣——我不知道，也無法解釋，但就這樣吧。他們說，我就是現在也常犯錯，也就是說，要是我現在已經錯成這樣，那接下來會變成怎樣呢？事實真相是：我常犯錯，而且，或許接下來會變得更糟。當然啦，在我探求到如何傳道，也就是說，該用哪些話和哪些事情去傳道，因為這實踐起來非常困難，在此之前我還會再犯幾次錯。要知道現在這一切我看得很清楚，但是聽我說：誰又不會犯錯呢！而與此同時，要知道所有人都是走向同一個目標，至少，所有人都是在追求同一個目標，從智者到最壞的強盜，只是路徑各有不同而已。這個真理是老舊，但這裡新鮮的地方就在於：我要犯錯是非常不可能的。因為我看見了真理，我看見了並且知道，人類沒有喪失在土地上生活的能力而可以變得美好又幸福。我不想，也不能相信惡是人類的正常狀態。而他們所有人卻只針對我的這個理念來嘲笑。但我怎能不相信：我看見了真理——不是那個用頭腦創造出來的東西，而是看見了，看見了，它那**鮮活的形象**永遠占滿了我的心靈。我看見它那麼完整無缺，因此我不能相信它無法存在人類那裡。所以，我又怎麼會犯錯呢？當然，我會拐彎抹角，甚至會好幾次，甚至還可能用別人的話來傳道，但不會太久：因為我所見到的那個鮮活形象，將永遠與我同在，且永遠會導正指引我。啊，我活力充沛，我精神煥發，我走啊走，哪怕是走上一千年也行。您知不知道，我起先甚至想隱瞞我使他們所有人墮落，但這是個錯誤——看這就是頭一個錯誤！但是真理對我輕聲說我在**撒謊**，並守護了我，指引了我。但要怎麼建構天堂——我不知道，因為我無法用言語來表達。在我的夢境過後，我不能言語。至少所有主要的、最必要的言語都不能。但就算這樣：我也要說，並且要一直說，堅持不懈地說，因為我畢竟親眼見過，儘管我無法轉述我看到了什麼。但就連這點嘲笑的人也不解地說：「你說你作了個夢，還有夢話、幻覺。」唉！難道這很聰明嗎？而他們卻這麼自傲！夢？夢是什麼？那我們的生活不是夢嗎？我還要說：就算這樣，就算這永遠不會實現，就算天堂不存在（這點我本來就了解！）——那麼，我還是要傳道。而同時這又多麼簡單：應該只要一天，**應該只要一小時**——一切馬上就解決了！重要的是——要去愛別人像愛自己一樣①，這才重要，全部就這樣，根本不需要其他的：因為你立刻會找到解決之道。而同時這不過只是——老舊的真理，被反覆說過、讀過了數萬萬次，可就是還沒深植人心！「認識生活勝於生活本身，了解幸福之道——勝於幸福本身。」——這才是該要去對抗的！我會去的。只要所有人想要的話，那麼一切即將解決！

———

而那個小女孩我找到了……我就來了！我就來了！

①語出《聖經》〈馬可福音〉第十二章第三十一節：「要愛人如己。」（引自聯合聖經公會之新標點和合本）。

——俄文版編注與譯注

【導讀】

從夢想愛一個人開始

文／台灣大學外文系副教授 **熊宗慧**

映畫一般的《白夜》

鏡頭從遠方高處對著運河拍攝，然後慢慢拉近。運河堤岸的一處鑄鐵欄杆旁佇立著一位妙齡女子，她手扶著欄杆，一動也不動地注視著河面上流動的水，距女子身後不遠處，一個年輕男子走來，他看著女子的背影，放慢腳步，想輕輕走過，但卻突然停下腳步——他聽見她在啜泣，他考慮著該如何跟女子搭訕，但女子注意到他，迅速轉身，打算快步離開，眼看兩人就要錯過彼此，但一個突發事件出現，挽回了局面。女子卸下心房，回應男子的問話，之後他們沿著堤岸散步、聊天、講心事，男子送女子回家，約好隔天同一時間同一地點見面，繼續之前未完的話題，就這樣他們在一起度過四個白夜，而這四個白夜裡發生的種種就像攝影機的鏡頭一樣，被牢牢地記錄在男子的記憶中，成為他一生中最美好的回憶……

杜斯妥也夫斯基的中篇小說《白夜》的情節大致如此，這樣的邂逅情節，使得小說成為作家所有作品中最明亮的一部，也使得彼得堡與它的運河堤岸從此添上無盡的浪漫和年輕的色彩，這部小說同時也是作家作品被改編為電影最多次的一部，除了在俄國自己的彼得堡搬演情節，義大利導演維斯康提在一九五七年就曾把場景移到義大利的小鎮；一九七一年法國導演布列松又把故事背景搬到巴黎街頭；到了二〇〇八年美國導演詹姆斯．葛雷則把場景遷到了紐約布魯克林區，且不說在這之間《白夜》的情節還曾在巴西、印度和韓國上演。為何這些導演如此執著地想要搬演這部小說？是為著那運河橋畔的美景？為著那男女間浪漫的邂逅？為著那無可取代的年輕時光？還是為著那之後也無可取代的惆悵回憶？答案或許都是吧，而關鍵還是在於《白夜》極為精確地呈現了邂逅前人對於跨出界線的那「關鍵一步」時的各種思慮；又在邂逅之後維持了人對於純情的想像，所以這一則純情邂逅的故事才會這樣一而再，再而三地在世界各地上演，相似的故事也都說是受到《白夜》的啟發，但正是因為這樣，我們忍不住想重新回歸杜斯妥也夫斯基的《白夜》，探索那裡頭說的究竟是個什麼樣的故事。

我們或多或少都是一個夢想者

小說《白夜》創作於一八四八年，故事由一位沒有名字，自稱是「夢想者」的男子所進行的第一人稱自述，內容是關於他在彼得堡白夜時節與一名女子邂逅的感傷回憶。主角夢想者可以說是杜斯妥也夫斯基筆下所開發出的一系列重要人物的原型之一，像是《地下室手記》裡的地下室人，以及《罪與罰》裡的拉斯科利尼科夫都是這一類的人物；作家晚期的短篇故事〈一個可笑的人的夢〉裡的主角——可笑的人，也屬於這個行列，至於這種人物的來源為何？一說是源自作家的朋友，也有人說就是作家自己，見諸杜斯妥也夫斯基在《彼得堡編年紀》裡說過的話：「我們或多或少都是一個夢想者。」就不難猜出答案。

夢想者在《白夜》裡是一位二十六歲，已經不算太年輕的年輕人，他在某處供職，薪水微薄，個性內向靦腆，居住在彼得堡已經八年，但是卻沒能認識人，而依據他自己的說法，即使「不認識人，他也認識整座彼得堡」，這是因為他認識彼得堡街上所有的房子，他會和房子打招呼，跟房子聊天，談房子的牆壁換油漆的話題，這樣一種認識城市的方法或許很可笑，但卻尖銳地突顯出夢想者的孤獨。然而，這一位夢想者不等於宅男，也不是自閉症患者，因為他會根據彼得堡人的習慣上街散步，跟每天也在街頭散步的老紳士們總是不期而遇，但是這群老紳士從來沒有誰會想要向夢想者表示認識的熱絡，唯一的一次是某位老紳士在下意識中「差一點」就要跟他一起脫帽致意，但是雙方「幸運地」在最後一刻都守住了矜持，誰也沒有向對方先越雷池一步。這一段對大都會人際關係冷漠和階級區隔的描寫，幾乎達到荒謬的地步，卻反而透露出一種黑色幽默，是杜斯妥也夫斯基比較少見的手法。

對話就從夢想愛一個人開始

夏日間彼得堡的市民大多會出城或出國度假，這個帶著點貴族氣息的習慣一直保留至今，小說就是從這個居民紛紛動身出城的白夜時節開始講起，無親無故的夢想者於是只能無奈地體驗一個人被留下的孤獨。他在城市遊蕩，目光所及，城市景觀都被附上一種蒼白和病態的美感……返回住處的路上夢想者看到了她——娜斯堅卡，夜晚十點多一個女人獨自站在偏僻的運河堤岸上，即使是在猶如白晝的夜裡，這狀況仍引人注意。我們不清楚在夢想者出現之前，是否有人試圖搭訕娜斯堅卡，我們僅知在夢想者注意到她之後，另一位男子也跟著出現，而後者不得體的行徑，反促使娜斯堅卡接受夢想者伸出的援手，進而成就了這場邂逅。所以這場邂逅其實帶有相當戲劇性的設計，而更戲劇性的還在於，能成就這一場邂逅的不可能是其他人，就只能是夢想者和娜斯堅卡，為何？因為所有夢想者拋出的訊息，娜斯堅卡全部都能夠接住，她扮演了一個完美的訊息接收者和回應者，沒有娜斯堅卡，對讀者來說夢想者就只能是不能被理解的空白。事實上，夢想者一直在尋找對話者，從他見到娜斯堅卡的背影那一刻起，他就不斷在心中進行判讀：「這是個女孩，而且一定是黑頭髮的」、「我這位女孩是聰明人：這點從來不影響美麗的外表」，很難說這些品頭論足的話不帶有評價，但這些評價顯然是夢想者對娜斯堅卡能否成為合適的對話者的試探，而當試探一結束，夢想者立即就對娜斯堅卡傾訴他的「愛」，他說他「愛上一個理想的對象，愛上那個在夢中出現的人」；又說：「我只能每天夢想，終究有一天我會遇到某個人。」夢想者的話如他自己所言，「腦袋中有上千個活門打了開來」的情況下，非得「把滿江滿水的話給宣洩出來」，而夢想者關於愛情的話語有著一個共通點——彷彿都是從書本中複製下來的經典名句，都是放諸四海皆可通用的浪漫台詞，所以娜斯堅卡才會說她好像在哪本書裡聽過同樣的話。除了《白夜》，在《地下室手記》和《罪與罰》裡女主角也都分別說過類似的話，可見杜斯妥也夫斯基多麼喜歡藉由女主角之口，戳破困在書本中的夢想者男主角。

夢想者和娜斯堅卡之間一來一往、毫無阻礙的對話，精彩至極，但在夢想者得知娜斯堅卡的男友已經回到彼得堡之後，他開始變得結巴，原先「滿江滿水」的話也變得怯懦而缺乏自信，話語權漸漸轉到娜斯堅卡這一方，夢想者的頹勢無法挽回，到最後他甚至只能眼睜睜地看著娜斯堅卡挽著男友的手離去，一句話也說不出。

中間物種——夢想者

然而杜斯妥也夫斯基筆下的夢想者，他的孤獨即使離不開工業和都市文明發展所帶來的人際關係的疏離苦果，但其本身的氣質仍是決定因素。《白夜》裡夢想者自己定義了何謂「夢想者」：在彼得堡城市裡有一些奇怪的角落，被另一種有著特別光芒的太陽所照顧，那裡住著一種中間物種，不是人，而是類似蝸牛或是烏龜的生物，非常喜歡四面牆壁和蝸居，那裡的生活是「純粹幻想的，狂熱理想的東西，但也混雜了平淡、乏味又普通的東西」。這一段描述十分曖昧，中間物種讓人想起達爾文，但這或許與更早的林奈的生物分類學有關，而夢想者無法歸類於既有的分類法則中，他是介於人類與動物之間的一種生物。

夢想者曾提到，之前有位朋友來拜訪，但這次拜訪卻讓兩造感覺極為尷尬，以致於不會再有第二次拜訪的可能，但這尷尬局面卻不是任何一方有意為之，那位友人甚至無法想像，自己善意的拜訪竟會造成夢想者過度驚慌到舉止失措的地步，而夢想者也沒想到，自己祕密的、美好的，如泡沫般連串的想像會被人突然打斷，因而陷入驚慌，儘管他極盡所能地試圖招待客人，但卻顯得可笑又愚拙……這裡其實沒有誰對誰錯的問題，這是兩個時空感受完全不同的人之間一次不成功的接觸，說到這裡，讀者或許也可以明白，為何夢想者之前說他沒有辦法認識人了──因為不同物種之間的溝通確實是一個大問題！

走在寫實主義的大路上，杜斯妥也夫斯基始終回望著、眷戀著浪漫主義和感傷主義，這一點從《白夜》的第一個副標「一部感傷主義小說」就可以知道；然而，《白夜》還有第二個副標——「一個夢想者的回憶」，此處夢想者是以專有名詞的方式被作家正式提出，而夢想者不僅僅只是會作夢的人而已，而是作夢和幻想是他的特殊才能，他是一個專業的夢想者。夢想者每天在下班之後，從走回家的路上就開始一個幻夢接著一個幻夢地作下去，這一串串的幻夢架構了夢想者理想中的世界，甚至阻礙了他對現實世界的感受；而當他逼不得已必須面對黯淡無光的現實時，他總是能夠找到縫隙，再次遁入幻夢之中，用一串串不間斷的幻夢餵養自己，從中獲得滿足，夢想者就這麼遊走在現實和幻想之間，成為一種中間物種。這是一種才能，也是一種戒不掉的癮。所以，當娜斯堅卡要求夢想者不要再這麼生活下去時，夢想者非常悲觀地說：「我恐怕得這麼一直生活下去。」顯然，杜斯妥也夫斯基對此是感到不安的，或許因為他預見到這種中間生物在都市疏離的沃土中會以驚人的數量成長，而對抗這種令人中毒的癮頭的方法卻是很少，當娜斯堅卡挽著男友的手幸福地離去後，夢想者的幻夢破裂，他回到現實——一個佈滿蜘蛛網和灰塵，到處都是破舊物件和黯淡色彩的世界，夢想者哀怨地在心中呼喚娜斯堅卡，同時卻陷入無盡的絕望之中。來到這樣的故事結尾，讀者或許忍不住同情夢想者，也同意他要將娜斯堅卡視為一生中最美好的回憶，然而我們仍不能不懷疑，是否再過一陣子，就在夢想者又出門散步之後，新的繽紛的幻夢又會形成，屆時繽紛多彩的幻夢又會再度引領著夢想者前進，對抗那令人絕望的現實呢？

夢想者杜斯妥也夫斯基

〈小英雄〉這篇故事並不是杜斯妥也夫斯基最好，或是最重要的作品，但是它之於作家的生命和寫作生涯卻是無可取代的重要。〈小英雄〉的故事場景設定在莫斯科近郊的鄉間裡一座貴族大莊園，故事從莊園主人的豪奢宴客開啟敘事，杜斯妥也夫斯基非常仔細地，大費筆墨地描述了嘉年華會一般喧鬧歡快的莊園生活、川流不息的賓客、笑靨如花的貴婦美女，以及舞蹈、表演、音樂會，還有活人畫等等從早到晚不間斷的娛樂活動，不只如此，作家還描寫了賽馬的場景，還有貴族在莊園林蔭道間優雅散步的景象，那一層又一層堆疊而出的貴族世界的繽紛色彩，以及字裡行間充盈勃發的生氣，都是杜斯妥也夫斯基的作品中非常少見的，而如果我們再進一步說明，那裡所有的璀璨斑斕和馥郁芬芳都是作家處於被囚禁的狀態，坐在獄中，面對著四面陰森森、灰沈沈的厚石牆所寫下的文字，這樣你是信或是不信？又該如何相信？然而所有這些都是事實。

《白夜》在讀者和批評者之間都獲得了成功，杜斯妥也夫斯基挽回了瀕於失敗的作家生涯，他正打算在文壇重振旗鼓，然而就在這個時候他被捕了，以「對於散播別林斯基的犯罪書信知情不報且宣讀」和謀反等罪名，被關入彼得保羅要塞的政治犯監獄中，這時的杜斯妥也夫斯基不只寫作，甚至連生命都面臨終結的可能，然而他卻在這樣的情況下，在監獄中寫出了〈小英雄〉這樣的作品，著實令人不可思議！作家究竟是用什麼樣的心情來寫作的呢？後來在一封寫給作家弗謝沃洛德．索洛維約夫的信裡他這麼說：「我身陷要塞牢獄的時候，我想我這就完蛋了，還想我撐不過三天，可是——突然就完全平靜了下來。是不是我在那裡做了什麼？……我在寫〈小英雄〉——您讀一讀吧，難道那故事裡有看到憤恨痛苦嗎？是我作了安詳又美好的夢。」何以〈小英雄〉的創作心態如此奇特？我們來看看這個故事在講什麼。

〈小英雄〉的內容是關於一個不知名者的童年回憶，他在十一歲時曾在鄉間的一處貴族莊園裡作客，孩童正是在那時感受到愛和美的力量，以及勇氣的可貴。又是回憶！又是愛！又是美！它們對作家的影響力可真是無可比擬的巨大呀！

孤獨敏感的小男孩愛上了一位貴婦，一個有著恬靜安嫻的目光、溫順的微笑的黑髮夫人，她的美帶有一種聖母的光輝，在杜斯妥也夫斯基眼中，是一種能夠讓人「放下屠刀，立地成佛」的美，《罪與罰》裡的杜妮雅就具有這樣穿透力的美；而為了凸顯這種美，作家又塑造了另一種美的類型——金髮貴婦任性、張狂、神經質的，帶點危險氣息的美，在杜斯妥也夫斯基看來，這是一種會引人犯罪和墮落的邪惡之美，《白癡》裡的安娜斯塔西亞．菲利波夫娜就是這樣一種美的代表。一般人或許很難理解，作家如何能夠在監獄裡，面對不明未來的恐懼，竟不是頹唐消沈，而是在進行神聖美和邪惡美之間差異的思索？但是如果我們想起《白夜》裡的夢想者這樣一種中間生物，或許就不會對杜斯妥也夫斯基超越一般人的行徑感到驚訝，甚至可以理解。此時的杜斯妥也夫斯基自己就是那位夢想者，看著監獄的四面牆壁，但又沒在看，因為他的思緒早已飛出牆外，來到了歐洲，而那裡正上演著詩人席勒浪漫主義風格的作品：騎士、貴婦、駿馬、獨立和抗暴的精神……一幕又一幕鮮活的形象在他眼前閃爍、招手，然後夢想者杜斯妥也夫斯基開始動筆了，他變成了創作者杜斯妥也夫斯基，手中的筆化成了小騎士，既對抗強勢任性的金髮女暴君對他的無理指使，又要不動聲色地幫助心儀的聖母貴婦度過危機，並向唯一的她獻上他的忠誠……

如此這般讓夢想飛翔的〈小英雄〉，或許幫助了杜斯妥也夫斯基度過要塞監獄裡大半年的恐怖日子，而未來其實還有九年多流放的苦日子在等著作家，至於流放期間作家能否真的只以夢想為生呢？答案是否定的，從《死屋手記》這部作品就可以知道，對作家來說，流放的日子讓他知道，面對真實的生活，以及和人群相處的學問遠比耽溺夢想要來得艱難許多。一如《白夜》裡的夢想者，杜斯妥也夫斯基一生都無法擺脫身為夢想者的秉性，但他無時無刻不想著要控制它，不斷思索夢想與真實生活之間的距離，以及對彼此的意義，所以他才會在《地下室手記》裡對地下室人的生活提出質疑，又在《罪與罰》裡質疑拉斯科利尼科夫歪曲的理論，在他看來，這兩位主角無疑是用想像取代了生活，沒有人比作家自己更清楚這中間的弊病了，因為無止盡的耽溺夢想只會導致自身生活的悲劇。

星球旅人夢想者

杜斯妥也夫斯基筆下的夢想者是一種全新的文學人物，這種人物充滿了發展的可能性，這一點或許連作家自己都沒能預見，也或許是不樂見。當我們說夢想者是一個專業的作夢人，他可以用一串串的幻夢取代現實，如果情況允許的話，夢想者可以無止盡地耽溺下去，作著天上一千年，人間僅一日的夢；而當他不作夢時，他的世界很可能也就跟著停止存在，這個情境光用想像就覺得充滿科幻的意味，但請注意，是科幻意味，而不是科學，也不是科技，這裡的重點不是科技或是科學知識，而是夢是可能的現實的完全對映，也是它的無限延伸，作家晚期的短篇小說〈一個可笑的人的夢〉就是這麼一個夢到真時真亦夢的展示，畢竟有什麼是夢到不了的地方呢！

〈一個可笑的人的夢〉是出自一八七七年《作家日記》四月號刊，作為月刊的《作家日記》發行於一八七六年，發行者是杜斯妥也夫斯基自己，這份月刊共發行兩年，至一八七七年年底，作家因為要創作小說《卡拉馬助夫兄弟》，而將《作家日記》停刊，三年後，一八八一年年初才復刊，但那時作家已經病危，最後，復刊的那一月份號在作家葬禮舉行的同一天亦作了發行。《作家日記》在當時獲得讀者極大的迴響，不同於小說書寫那般迂迴，杜斯妥也夫斯基在《作家日記》裡非常明確地呈現自己的道德立場和思想觀點，他以一位斯拉夫主義者的立場來看待俄羅斯農奴解放之後的社會問題；對歐洲的制度、法治和理性主義提出自己的看法；對當時報章上所熱議的有關宗教、政治、外交、戰爭、家庭、青年等等的各種時事問題，他也依據自身的經驗侃侃而談，無所保留，而在這麼一堆議論性文章中，偶有幾篇小說創作被放入，這些作品中所揭示的論點和道德觀，與作者其他小說相較之下要來得鮮明清晰，〈一個可笑的人的夢〉就是這樣的一篇作品。

〈一個可笑的人的夢〉裡主角同樣沒有名字，就是叫做「可笑的人」，他依據一種自認為的真理而準備自殺。走回家的路上他遇到一位小女孩，小女孩向他求救，但可笑的人認為一切都無所謂了，所以沒有回應女孩。可笑的人回到家，拿出槍，對著心臟開槍，他倒下，但覺得自己還有意識，然後他連同棺材被埋進土裡，但棺材開始漏水，他便開始呼喚，這時似乎有一種不知名的生物出現，把他帶出，然後可笑的人就飛上了太空，來到一個跟地球一模一樣的新的星球，差別只在於那個星球的人都非常純潔。新星球的居民真誠地接納了可笑的人，把他視為自己人，跟他學習……然後……然後這個星球就墮落了……因為他們跟著可笑的人學會了說謊、欺騙和其他壞事……一切就這麼無可挽回地沈淪下去了……後來可笑的人醒來，發現一切只是一場夢，但是他又悟出了另一個真理：改善社會要從愛人如己開始，一個說來容易，但實際上卻總是做不到的真理。故事的最後就是停在可笑的人以熱切的心要回應自己剛體悟的真理，他要去找那個女孩，要找到那個女孩，去實踐「愛人如己」，全篇故事就這樣結束。

這篇故事裡觸及的都是杜斯妥也夫斯基一直以來關心的時事議題：人際關係的疏離冷漠、年輕人頻繁的自殺、社會道德的敗壞，以及道德重整等問題，作家選擇藉由可笑的人所作的夢，將上述問題包裹在一起同時處理，而可笑的人就是夢想者一類的人物，因此我們認為可以將這一篇放入夢想者系列故事論之。自殺問題不只一次出現在杜斯妥也夫斯基的作品中，也不只一本作家的小說出現自殺的情節，在《作家日記》裡變身為時事評論者的杜斯妥也夫斯基也不只一次以此為主題而進行討論，而他尤其想要探討的是，一八七〇年代以後在知識份子之間如瘟疫一般蔓延的自殺問題，對一位熬過了漫長的流放生涯，後半生還是受到政府情治單位監視的杜斯妥也夫斯基來說，自殺的可怕之處在於，此時自殺的本質已經發生變化，它牽涉的不單是個人問題，而是是社會問題、家庭問題，而且還有信仰喪失的問題，這其中尤以虛無主義者以虛無為名的自殺最可怕。

在〈一個可笑的人的夢〉裡主角在夢中自殺成功卻又復活，這裡的重點不在於復活是否有科學論據，或許應當把它視作是一道作家的假設，作家試圖以此來喚回自殺者對生存追求的欲望。故事中關於棺材漏水那一段的描寫很有意思，這部分的概念應該是源自於作家在一份自殺者的遺書中所讀到的材料，那位自殺者曾表示「很討厭棺材漏水」，顯然這個部分被杜斯妥也夫斯基採用並放進了故事中，可笑的人在棺材裡一直聽見漏水的滴答聲，這會不會讓可笑的人因為擔心死後都要這麼不斷地聽著漏水聲，而更厭惡死後的世界，因此反而寧願活著呢！

不過，作為夢想者類型人物的再進化，可笑的人在這篇故事裡被杜斯妥也夫斯基賦予了一項新的、更重要的任務——傳道，為此作家甚至把可笑的人作夢的場景搬到外星球上，讓外星球上的居民展現了古希臘神話中人類世紀的黃金時代，又讓他們演繹了一番如同地球人類的墮落歷史，嚴格說應是基督教歷史觀之下的人類墮落史，此外，這一趟宇宙星球之夢還再現了《罪與罰》中男主角拉斯科利尼科夫所作的末世之夢，也為作家之後創作《卡拉馬助夫兄弟》的若干場景預先做了鋪陳，這個夢是一個寓言，作家藉由可笑的人在夢中的自我辯證，明確否定了人類應該由科學帶領生活方向的看法，而夢的終極意圖則是宣揚「愛人如己」的單純真理，作家讓可笑的人在瞬間悟了道，並在即使被眾人視為「瘋僧」、「可笑的人」的情形下，仍然決定要以傳道為己任，或許讀者對於一個相信夢中真理的人感到可笑；對於可笑的人究竟是醒了，還是仍處於夢境之中感到疑惑；對於整篇故事裡的現實和夢境之間的分野也覺得模糊不清，但有一點是可以確認的，就是可笑的人已經走出夢想者的劃地自限，故事末尾他蛻變成為一個行動者，正準備為自己的理念付諸行動，故事就停筆在這，說是懸念也罷，說是無限的可能也行，總之，可笑的人激昂的戰鬥情緒就這麼凝鑄在故事結束的一瞬間，成為永恆的戰鬥式了。

【譯後記】

夢想為你宣告了一個新的生活，然後呢？

文／丘光

我的《地下室手記：杜斯妥也夫斯基經典小說新譯》出版後，從反應中得知有些讀者對地下室人的理解上似乎有一塊空白尚未填滿，因此我了解有必要來選一些夢想者的故事，因為地下室人是從夢想者衍生而出的，這本集子裡選了三篇重要的代表作——〈白夜〉、〈小英雄〉、〈一個可笑的人的夢〉，都是廣義的夢想者的故事。夢想者這個人物形象可以說是杜斯妥也夫斯基小說中最受關注的中心角色之一，讀過這一系列的夢想者，再去看地下室人，去看作者後幾部長篇小說中的那些叛逆者，相信會更有所得。

什麼是夢想者？這是城市角落裡的「中間物種」生物，喜愛把自己封閉在想像中，對於難忘的事情會反覆夢見耽溺其中，缺乏實際的生活經歷。彼得堡的夏至白夜，天空不暗也不明，讓人分不清晝夜，錯覺容易使人產生幻想，杜斯妥也夫斯基就是在這樣的天空下夢想、提問、思索：人與人之間的問題在哪裡？為什麼人那麼孤獨？社會那麼疏離冷漠？每個人年輕時多少都徬徨不安，苦於孤獨，人類原本期待科學文明發展可以解決這個問題，但現在拜科技之賜，卻似乎相反，人的孤獨期更長了！（完全如杜斯妥也夫斯基所預料！）於是，夢想就成了孤獨的人僅有的希望。

〈白夜〉就是一個孤獨的人跟不太明白自己為什麼孤獨的自我在對話，是內心獨白，也是人物對話，甚至連女主角娜斯堅卡，我都覺得是夢想者在夢中創造出來的一個栩栩如生的對話者，因為作家小說裡的夢想與現實的界線，並不如我們眼睛、頭腦所看得到的那樣。理智邏輯所到不了的地方是作者樂於探討的，他自己也喜歡夢想，深知其可怕，一旦陷入就難以自拔，他用小說來描繪這種甜甜苦苦的感覺，試著找一條出路，不只是為夢想者找出路，也是為面臨現代化不得不陷入孤獨困境的整個人類找出路。

有些人喜愛夢想，有些人討厭夢想，有些人不敢夢想，還有些人不知夢想為何物。這些故事刺激我們重新審視自己的夢想，看看自己的夢想與現實之間到底有多少互動，想想人是否因為夢想而偉大……閱讀過後，彷彿感覺到作者丟了問題給我們：

當你發現夢想為你宣告了一個新的生活，然後呢？

杜斯妥也夫斯基年表

編／丘光

一八二一年

十月三十日（即新曆十一月十一日，以下日期除特別標示外，皆為俄曆），於莫斯科瑪麗亞濟貧醫院出生，為家中次子。

一八二三年

從醫院右廂房搬至左廂房，在此度過童年。

一八三一年

父親在圖拉省買了小村達羅沃耶，離莫斯科約一百五十俄里，此後至一八三六年，每年夏天他都會來此避暑。過兩年又買下鄰村切列莫什尼亞。

一八三四年

九月，與長兄米哈伊爾進入莫斯科的切爾馬克私人寄宿中學就讀。

杜斯妥也夫斯基的父母親，1823 年波波夫繪。父親當時在這間濟貧醫院工作，母親在家照顧七個小孩（么女 1835 年出生）。

杜斯妥也夫斯基的出生地——瑪麗亞濟貧醫院的右廂房，丘光攝。

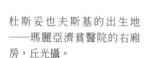

一八三**七年**

一月底，詩人普希金與人決鬥後重傷過世，二月底，母親因肺病過世——這兩大傷痛對十五歲的杜斯妥也夫斯基來說意義重大，將他的生活畫分出一道界線。五月初，與兄前往謝爾基聖三一修道院朝聖旅行。五月中，為入軍事工程學校就讀與兄到聖彼得堡；五月底，兩兄弟進入預備學校就讀；十月，通過工程學校考試。

一八三**八年**

一月中，正式入學軍事工程學校，校址在彼得堡最陰鬱神祕的米哈伊洛夫斯基宮（原為沙皇保羅一世的新建皇宮，一八〇一年他在此被宮廷叛變的軍官謀殺）。

一八三**九年**

六月，父親在往切列莫什尼亞村的途中過世，死因一說為中風（官方文件說法），另在家族親戚流傳一說為被自家的農奴所謀殺。

長兄米哈伊爾，這幅畫像是杜斯妥也夫斯基的學弟特魯托夫斯基繪，1847 年。
杜斯妥也夫斯基與米哈伊爾非常親近，在 1840 年給哥哥的信中提到：「愛你對我來說是一種需要。」米哈伊爾也是一位作家，他們有共同的文學興趣，一路走來兩人雖有意見不同（通信中常見激烈而深刻的文學辯論），但始終相互扶持。兩兄弟不僅是文學同好，也是最推心置腹的朋友，1839 年父親過世後他給哥哥的信裡說：「人是一個謎，需要解開它……我在研究這個謎，因為我想成為一個人。」——他對哥哥說過的一些內心話都可以在後來的作品中找到發展的脈絡。

一八四一年

二月，於兄宅朗讀自作戲劇《瑪麗亞・斯圖亞特》及《鮑里斯・戈篤諾夫》，現皆不存。八月，晉升准尉；獲得校外住宿許可。

一八四二年

七月，休假至雷瓦爾（愛沙尼亞首都塔林的舊稱），拜訪年初新婚的長兄。

一八四三年

八月，畢業分發至部隊的工兵製圖單位。

一八四四年

一月，完成譯作《歐也妮・葛朗台》（巴爾札克著），後刊登於六七月號的《劇目與文萃》雜誌。

十月，因「家庭因素」退役。

一八四五年

五月～六月，完成首部小說創作《窮人》，作家

《窮人》單行本封面，1847 年。

杜斯妥也夫斯基在 1845 年給哥哥的信中寫到關於《窮人》即將完稿一事，以及對未來的夢想：「我決定以最低稿費將我的小說投給《祖國紀事》，它的發行量兩千五百份。如果我在那裡發表，未來的文學生涯和生活全都有保障了。……十月份我可以自費再版（單行本），我堅信愛小說的人會把這本書搶購一空……如果我的小說沒地方發表，那我大概只能去跳涅瓦河了。怎麼辦？我什麼都想到了！」

這部首作因為再三修改，後來改在涅克拉索夫主編的《彼得堡文集》發表。

涅克拉索夫徹夜讀完，並將手稿轉交給評論家別林斯基；六月一日左右，結識別林斯基；夏，與兄同住雷瓦爾，開始撰寫《雙重人》；十一月初，結識屠格涅夫；十一月中，拜訪作家、評論家帕納耶夫，對他的妻子阿芙多季雅一見鍾情，隨後給哥哥的信中提到：「我似乎愛上了他的妻子，她才貌雙全，惹人憐愛」——這段苦澀的單戀成了年輕作家日後寫作的戀愛情節素材。

一八四六年

一月，《窮人》刊登於《彼得堡文集》（涅克拉索夫主編），獲得好評。二月，自許甚高的《雙重人》發表於《祖國紀事》，卻遭受普遍的負面評價。春，與彼得拉舍夫斯基結識。十月，撰寫《女房東》；十二月，撰寫《涅托奇卡·涅茲瓦諾娃》。

一八四七年

二月，開始積極參加彼得拉舍夫斯基舉辦的星期五聚會，著迷於烏托邦社會主義思想。四月，與

別林斯基，1843 年戈爾布諾夫繪。

涅克拉索夫，1856 年馬科夫斯基繪。

阿芙多季雅·帕納耶娃，這位女作家在當時的彼得堡文化圈引領一時風騷。1846 年起跟涅克拉索夫同居近二十年。晚年在自己的回憶錄中記載了許多文化圈的軼聞，包括對杜斯妥也夫斯基性格上的細膩描寫，以及屠格涅夫與杜斯妥也夫斯基之間的過節。

別林斯基疏遠；七月，別林斯基發表著名的《致果戈里的信》。秋，《窮人》出版單行本。十月～十二月，於《祖國紀事》發表《女房東》。

一八四八年

一月起，於《祖國紀事》陸續發表多篇小說。五月，別林斯基過世。十二月，於《祖國紀事》發表《白夜》，普獲好評。

一八四九年

一月～二月，於《祖國紀事》發表《涅托奇卡·涅茲瓦諾娃》的開頭。四月十五日，於彼得拉舍夫斯基的聚會上朗讀別林斯基致果戈里的信；四月二十三日，因散播「有害思想」而被逮捕；四月二十四日，關押於彼得保羅要塞的阿列克謝三角堡；十二月二十二日，彼得拉舍夫斯基事件中有二十一名遭判處死刑，包括杜斯妥也夫斯基，在槍決前最後一刻，沙皇宣布赦免死罪改判流放西伯利亞服苦役。

1849 年 12 月 22 日，彼得拉舍夫斯基事件的行刑一景。

杜斯妥也夫斯基於 1849 年 12 月 24 日夜晚戴上鐐銬從彼得堡出發，隔年 1 月 10 日途經托博爾斯克（位於西伯利亞的西部），當地的政治犯遺孀（包括安年科娃、馮維津娜等人，即 1825 年十二月黨人事件之後自請跟隨丈夫流放的女眷）前來會晤，送了一本福音書給年輕作家，這本書他保留了一輩子。

一八五〇年

一月十日，行至西伯利亞的托博爾斯克；一月二十三日，抵達鄂木斯克的監獄，開始服苦役，這段生活後來在《死屋手記》中有詳細描寫。

一八五四年

一月二十三日，服滿四年苦役刑期出獄。三月一日，抵達謝米帕拉京斯克，至西伯利亞邊防部隊報到，開始服兵役。春，結識當地的退職教師伊薩耶夫（此時已是無業遊民兼酒鬼浪蕩子）和他的妻子瑪麗亞，受到熱情的對待。十一月，與司法官員弗蘭格爾男爵結識，男爵敬重他的才華，給予他不少援助，兩人成為知己好友。

一八五五年

五月，伊薩耶夫一家因新工作搬至庫茲涅茨克；八月，伊薩耶夫歿，留下不到三十歲的妻子和七歲的兒子帕維爾。十一月，晉升士官。

瑪麗亞・伊薩耶娃，這位不幸的女人令杜斯妥也夫斯基一見鍾情，他似乎迷上了她那一臉憂鬱、帶著病容的柔弱女性形象——他感到她在受苦，這點非常吸引作家。1856 年 1 月作家給哥哥的信中寫到：「他（伊薩耶夫）有教養，不論和他談什麼，他都理解……然而吸引我的不是他，是他的妻子瑪麗亞，這位太太還年輕，二十八歲，相當漂亮，富有教養，聰明又善良，可愛又文雅，而且心地寬厚。她驕傲且默默地承受命運的捉弄，照顧無憂無慮的丈夫……現在是這麼一回事：我早就愛上了這個女人，而且知道她也會愛我。離開了她我便不能生活……」

一八五六年

十月，晉升准尉。十一月二十五～二十六日，到庫茲涅茨克拜訪伊薩耶夫的遺孀瑪麗亞，向其求婚成功。

一八五七年

二月六日，與瑪麗亞・伊薩耶娃結婚。二月十七日，重獲所有權利，包括貴族身分。八月，於《祖國紀事》發表在彼得保羅要塞完成的《小英雄》。

十二月，取得癲癇症妨礙當兵的診斷證明。

一八五八年

三月，提出退役申請。六月，長兄申請《時代》雜誌的請求獲准，但最後又不能出版。

一八五九年

三月，因病獲准退伍，並獲得在特維爾的居住權；

十一月～十二月，於《祖國紀事》發表《斯捷潘奇科沃村》，當時未引起注意（在作家死後才風

一八五八年，著軍裝的杜斯妥也夫斯基在謝米帕拉京斯克留影。此時的他已無心繼續軍旅生涯，文學始終是他的唯一道路，積極籌備退伍之餘，也與雜誌主編連絡投稿。今年初給《俄羅斯通報》主編卡特科夫的信裡，他這麼推銷自己的新小說構想：「我在鄂木斯克（服苦役）時腦中就在構思這部小說，離開那裡後我便把想法寫在紙上。但我不急著創作，我更喜歡琢磨最微末的細節，布局謀畫，收集素材，將個別的場景寫下。如此構思三年我熱情不減，反而更加迷戀這樣的寫作方式……（編按：中間扯了一大段欠債的故事後話鋒一轉）如果您可以刊登我的小說，那麼您能否現在立即預付我手頭極需的五百盧布。我知道這請求很可笑，要看您是否願意……我為了錢而寫作，大概這就是我的命。」

行）。十二月底，獲准遷居彼得堡。

一八六〇年

四月十四日，與岡察洛夫、涅克拉索夫、屠格涅夫、皮謝姆斯基、邁科夫及德魯日寧等作家，參加文學基金會主辦的戲劇《欽差大臣》慈善演出，他飾演郵政局長一角。九月，於報紙《俄羅斯世界》開始連載《死屋手記》。

一八六一年

一月，於長兄主辦的《時代》雜誌創刊號發表小說《被侮辱者與被凌辱者》開頭，並重新刊登《死屋手記》；年初，結識蘇斯洛娃，其後成為杜斯妥也夫斯基的情人。

一八六二年

六月～九月，第一次出國，在倫敦與赫爾岑會面。

六月十二～二十四日，在威斯巴登第一次嘗試賭輪盤，引發將近十年對賭博的狂熱。七月七日，

當時的民主派諷刺週刊《火花》，於1862年第32期刊出一幅諷刺書報檢查制度的漫畫（斯捷潘諾夫繪），當時幾位刊物編輯站在檢查單位門口排隊等候問話，準備為自己刊登的文章辯護，其中包括涅克拉索夫（前排右邊第一位）和杜斯妥也夫斯基的長兄米哈伊爾（前排右邊第四位）。

車爾尼雪夫斯基於彼得堡被捕。

一八六三年

二月～三月，於《時代》發表《夏日印象冬日記》；五月，《時代》因刊登斯特拉霍夫的文章遭停刊。妻瑪麗亞離開彼得堡，杜斯妥也夫斯基說「她無法忍受這裡的天氣」。八月十日，從過世的姨丈庫馬寧得到三千盧布遺產。八月～九月，與蘇斯洛娃在巴黎私會，因「有點遲到」，換來蘇斯洛娃的移情別戀，兩人幾乎分手，不過仍同遊法國、義大利、德國；十月，回到彼得堡。十一月，前往弗拉基米爾與妻會合，遷居莫斯科。

一八六四年

一月，獲得許可創辦新雜誌《世紀》月刊；三月，《世紀》創刊號（一、二月號合併）出版，其中發表《地下室手記》第一篇。四月十五日，妻瑪麗亞過世。四月底，遷居彼得堡（小市民街九號），完成《地下室手記》第二篇，後發表於《世紀》

杜斯妥也夫斯基短暫的情人阿波利納里雅・蘇斯洛娃，是《時代》的撰稿者之一。1865 年 4 月他給蘇斯洛娃妹妹的信中寫到兩人分手的原因：「阿波利納里雅是個非常自私的人，而且虛榮極了。她要求人家付出一切，還要完美，不尊重別人的優點，而一個缺點也不原諒，不願意承擔最基本的義務，她一直訓我配不上她的愛情，不斷抱怨、責備，六三年在巴黎見到我第一句話是：『你來晚了一些。』意思是說她已愛上了別人，但兩週前她還寫信說愛我……我至今仍愛她，非常愛，但我真不想再愛，她不值得這麼愛。我很可憐她，因為我預見到她永遠不會幸福。」

蘇斯洛娃四十歲時嫁給了二十四歲的學者羅贊諾夫（杜斯妥也夫斯基的崇拜者），但這段婚姻更折磨人，後來也以不幸收場。

四月號。五月，車爾尼雪夫斯基被判苦役七年。七月十日，長兄米哈伊爾過世。九月二十五日摯友阿波隆・格里高里耶夫（雜誌同事）過世。

一八六五年

三月，《世紀》因財務問題發行停刊號（二月號），發表《離奇事件》（後改名為《鱷魚》）。四月～五月初，向安娜・克魯科夫斯卡雅求婚，她是《世紀》雜誌的撰稿者，同意不久後卻反悔。七月，因財務吃緊，與出版商斯捷洛夫斯基簽一份條件很差的合約，內容包括出版作品全集，以及在明年十一月一日前得完成一部新小說。

一八六六年

一月，於《俄羅斯通報》上開始連載《罪與罰》。十月四日，與速記員斯尼特金娜結識，開始口述撰寫《賭徒》；十月二十九日，完成《賭徒》。十一月八日，向斯尼特金娜求婚。

安娜・克魯科夫斯卡雅，後來從事俄國革命，嫁給法國記者，一起參與1871年巴黎公社運動。在1866年6月給她的信中提到疲於奔命於債務與寫作：「現在我除了長篇小說（指《罪與罰》）要寫完外，還有好多事情要辦……去年我的經濟狀況很慘，不得不賣出我的所有著作印刷一次的版權，買主是投機商人斯捷洛夫斯基，人很壞，什麼都不懂的出版商，合約中有一條，要我交出一部新小說給他出版，篇幅至少十二印張，如果在一八六六年十一月一日前未交稿的話，那麼他就有權在九年內隨意再刷出版我的所有著作，不需另付酬勞。……我打算同時寫兩部小說，早上寫一部，晚上寫另一部。您知道嗎？親愛的安娜，我甚至還喜歡這種奇怪的事情，我不能安逸過日子。請原諒，我吹噓了起來！……我深信，從以前到現在沒人像我這樣寫作，屠格涅夫一想到這種情況恐怕會嚇死……」

一八六七年

二月十五日，與斯尼特金娜結婚。四月，與妻出國四年餘；六月，於巴登跟岡察洛夫會面，與屠格涅夫發生爭吵；八月，前往日內瓦，途經巴塞爾，參觀巴塞爾畫廊的《棺中死去的基督》（小漢斯．霍爾拜因繪），這個觀畫經驗寫進了小說《白痴》中。

一八六八年

一月，於《俄羅斯通報》上開始連載《白癡》。

二月二十二日，女兒索菲亞於日內瓦出生；五月十二日，她因肺炎去世。

一八六九年

九月十四日，女兒柳博芙生於德勒斯登。秋，完成《永恆的丈夫》。

一八七〇年

《永恆的丈夫》刊登於斯特拉霍夫主編的《黎明》

杜斯妥也夫斯基的第二任妻子安娜．斯尼特金娜，是一個能幫助作家穩定生活的女性。

他在 1867 年 4 月給蘇斯洛娃的信中是這麼介紹自己的新婚妻子：「我的速記員安娜．斯尼特金娜，是個年輕、相當漂亮的女孩，二十歲，家世好，在校以優異成績畢業，個性善良開朗極了……小說（指《賭徒》）結束時我留意到，我的速記員真心愛上了我，儘管這點她一句話也沒說，而我越來越喜歡她……我向她求婚。她同意，於是我們就結婚了……我越來越相信，她將會幸福。她有真心，也會去愛。」

這對新婚夫妻在歐洲四年，他有許多時間是獨自沉溺在異地的賭場，錢輸光後便寫信向妻子解釋並求救：「妳要理解，我有債務要還……我需要贏錢，必須要如此！我賭博不是為了好玩，這是唯一的出路，但盤算出錯，一切都完了……」（1867 年 5 月漢堡）「對我保有美好的感情吧，別恨我，別停止愛我。現在我已重生，讓我們共同前進，我將使妳幸福！」（1871 年 4 月威斯巴登）最終，或許是安娜的愛戰勝了作家的墮落，他們繼續攜手向前行。

雜誌一、二月號。三月至年底，構思已久的《大罪人傳》此時逐漸改變內容方向，不斷有新的想法加入，最後以一樁虛無主義恐怖分子的謀殺案來帶出俄羅斯的信仰問題，成了他最有政治意味的社會議論小說《群魔》。

一八七一年

一月，於《俄羅斯通報》開始連載《群魔》。四月，戒賭，給妻子的信中提到對賭博已不再狂熱：「折磨我十年之久的可惡幻想消失了……現在我自由了。」七月五日，全家返回俄國。七月十六日，兒子費奧多爾出生。

一八七二年

春，畫家佩羅夫受藝術收藏家特列季亞科夫委託，為杜斯妥也夫斯基繪製肖像。十二月，成為《公民》週刊編輯。

一八七三年

杜斯妥也夫斯基的筆記本裡構思《群魔》的手稿。
1870 年 10 月給雜誌編輯斯特拉霍夫的信中提到小說遲遲拖稿的原因是：「出現一個新人物，他要求成為小說的真正主角。」——指斯塔夫羅金，這個角色將社會案件與原先《大罪人傳》的構思交融在一起，達到藝術上的昇華，讓全心投入的作者認為「這是我文學生涯的最後之作」。

一月一日，《公民》創刊號問世，《作家日記》開始在此連載。

一八七四年

三月二十一～二十二日，因未經許可於《公民》上刊登梅謝爾斯基公爵（即《公民》的創辦人）的文章被拘禁。四月，請辭《公民》編輯一職；與涅克拉索夫恢復交往。夏，為治療赴德國溫泉地巴德埃姆斯。

一八七五年

一月，於《祖國紀事》開始連載《少年》。八月，兒子阿列克謝出生。

一八七六年

一月，《作家日記》以「獨立雜誌」的形式出版，身兼作者、編者、出版者，內容除了小說外，還有大量與時勢交融的藝文、哲學、歷史、政治方面的評論隨筆，一月號發行兩千冊，兩天賣完立

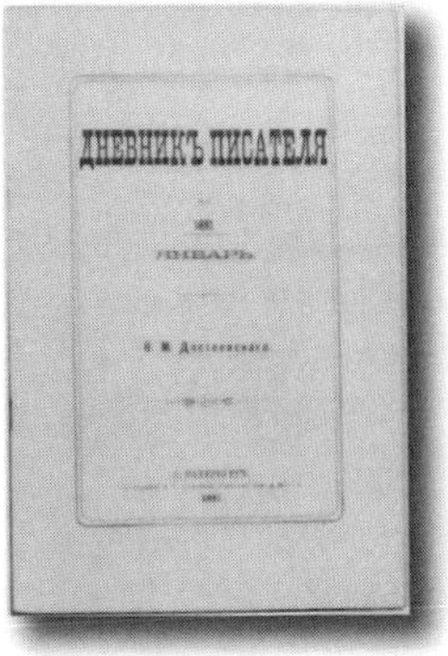

《作家日記》最後一期，1881 年 1 月號，在杜斯妥也夫斯基死後第三天出版。

對於杜斯妥也夫斯基出版《作家日記》，友人阿爾切夫斯卡雅覺得是把力氣浪費在瑣事上，而作家在 1876 年給她的信中說明了這份刊物對自己的重要性：「一個藝術家，除了詩歌外，應該對現實有透徹的了解，無論歷史或現況。在我看來，國內精通此道的只有一個人——列夫・托爾斯泰伯爵。我高度讚賞的小說家雨果，儘管他的細節有時候過於繁冗，終究還是令人讚嘆的研究，要不是他，那些情況也許永遠不會被人知道。這就是為什麼我打算寫一部大長篇時要細心關注這方面的原因，不是要研究現實本身，這我已經很熟了，而是現實的種種細節。」

即再刷，二月號首刷增為六千冊，訂戶不多，以零售為主；這次成功的獨立出版嘗試，為作家帶來可觀的收入，甚至比單寫小說還好。

一八七七年

春，在舊魯薩買了一棟別墅。夏，全家赴庫爾斯克省找小舅子作客。十一月，以俄語及文學獲選科學院通訊院士。十二月二十七日，涅克拉索夫過世；十二月三十日，在涅克拉索夫的告別式上致悼辭，稱讚他「應名列在普希金及萊蒙托夫之後的詩人」。

一八七八年

五月十六日，兒子阿列克謝歿。六月，與哲學家索洛維約夫造訪奧普金那修道院，與知名修道士安弗羅斯會面。

一八七九年

一月，於《俄羅斯通報》上開始連載《卡拉馬助

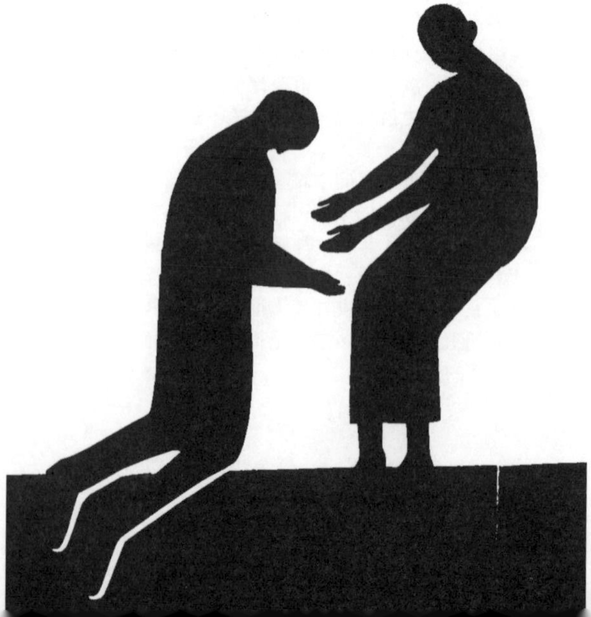

在這幅圖像中（莫斯科的杜斯妥也夫斯基地鐵站壁畫，丘光攝），彷彿看到犯罪者與拯救者之間連繫著某種橋梁，也彷彿是《卡拉馬助夫兄弟》裡試圖要勾勒的：新生命是如何從即將死去的舊生命裡誕生。

夫兄弟》。

一八八〇年

五月二十三日～六月十日，赴莫斯科參加普希金紀念碑揭幕儀式；六月七日，參加俄國語文愛好者協會會議，在屠格涅夫演講後發表簡短談話；六月八日，在第二場俄國語文愛好者協會會議，以「普希金」為題發表演講，博得滿堂喝采，獲贈花冠，晚間在文學音樂會上朗讀普希金的詩作，該夜將花冠獻於普希金紀念碑腳下。

一八八一年

一月二十六日，因搬過重的書架導致肺動脈破裂出血不止；一月二十八日（新曆二月九日），晚間八點三十六分，逝於彼得堡。《新時代》最先發出訃聞：「過世的不僅是一位作家，還是一位導師，更是一位高貴的人。」一月三十一日，出殯，「整個社會都為他送行」。一月底，出版《作家日記》一月號。

這座時鐘（彼得堡的杜斯妥也夫斯基文學紀念館內，熊宗慧攝）永遠停止在杜斯妥也夫斯基的死亡時刻。

六月八日的「普希金」演說大獲成功，他在其中提到俄國透過普希金，找到了一條通往世界之路：「一個真正的俄國人，意味成為所有人的兄弟……啊，所有斯拉夫派和西方派不過是個誤會……我重申，至少，我們可以指出普希金天才的世界性和全人類性，他本能地將國外的天才容納在自己心中，至少在藝術作品中，他毫無疑問地表現出這種俄國精神所追求的世界性。」

杜斯妥也夫斯基對這次的活動頗感自豪，還向朋友轉述當時的情況：「演講後反應熱烈，有兩位老人上前向我致意，說他們倆是二十年的仇家，這二十年來都想害對方，聽了我的演講後，他們馬上和好，現在就是來告訴我這件事……另一位大學生上前來見到我後，興奮地昏倒在我面前的地板上。」

二月一日，葬於彼得堡的亞歷山大・涅夫斯基修道院附設墓園；其間，友人哲學家索洛維約夫發表悼念詞：「杜斯妥也夫斯相信人類心靈擁有無窮的神聖力量……他的愛團結了我們彼此。」

二月初，列夫・托爾斯泰得知他的死訊後相當震驚，給雙方共同的友人斯特拉霍夫的信中寫到：「我從未見過這個人，也從未與他有過直接來往，突然間他死了，我才了解他是我最最親近、親愛又需要的朋友。……我失去了支柱。我倉皇失措，後來才明瞭，他對我來說多可貴，我哭過了，而現在還想哭。」

杜斯妥也夫斯基晚年（最後兩三年）居住的公寓窗景（熊宗慧攝），望出去可以看到弗拉基米爾聖母像大教堂的圓頂十字架，作家死後在此舉行安魂彌撒。

這間公寓相當符合他選擇住所的兩個條件：十字路口和鄰近教堂。

故居紀念牌匾（熊宗慧攝），上面寫著：「杜斯妥也夫斯基於 1846 年，以及 1878 至 1881 年 2 月 9 日臨終時，居住在這間房內。他在這裡完成最後一部小說《卡拉馬助夫兄弟》。」

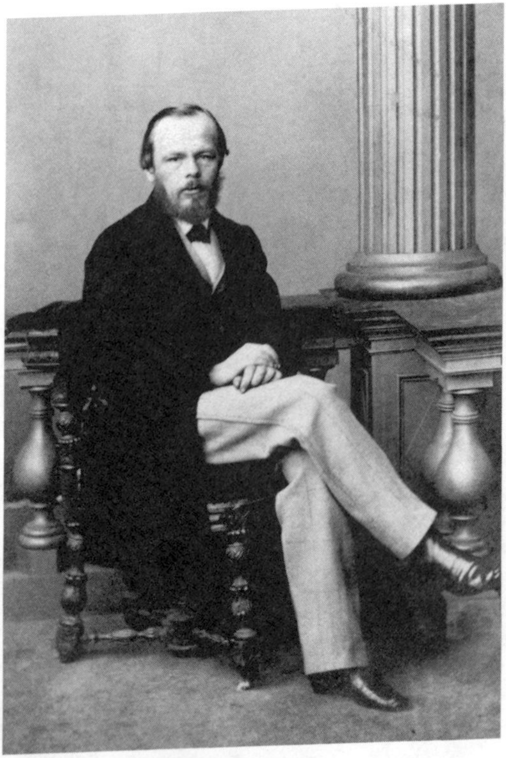

杜斯妥也夫斯基40歲時的照片，1861年圖里諾夫攝。大約一年前他從西伯利亞回到首都彼得堡，想重振自己的寫作事業：今年與哥哥創辦《時代》雜誌，也開始發表長篇小說，還沒出國沉溺在賭博中，全副心力都放在文壇上，他正在夢想自己的新生活——「我的夢向我宣告了一個新生的、偉大的、革新的、強健的生命！」